너는 스무 살,
아니 만 열아홉 살

너는 스무 살,
아니 만 열아홉 살

박상률 장편소설

가슴속에 그득한 울음으로 쓴 이야기

1980년 5월, 그 해 봄날 이후 빛고을 광주 사람들 가운데에선 삶의 물줄기가 바뀐 이들이 많다.

가장 많이 바뀐 이는 이 세상이 아닌 저세상으로 떠난 사람들이고, 다음으론 그 곳에 아직 살아도 그 때의 깊디깊은 상처 때문에 현실의 삶에서 밀려난 사람들이고, 마지막으론 그 해 봄날의 일을 견딜 수 없어 빛고을을 떠나 다른 데에서 삶의 터를 다시 닦은 사람들이다.

여기 풀어 놓은 이야기는, 그 해 봄날에 이 세상이 아닌 저세상으로 떠난 청년의 이야기이다. 그는 자신이 왜 다시는 돌아올 수 없는 멀고 먼 저세상으로 가야 하는지 미처 알 새도 없이 떠나야 했다. 다시 말해 저세상으로 갈 준비가 되어 있지 않았던 것이다. 그런데도 그는 떠나야 했다. 단지 그 도시에 살고, 그 시간에 그 거리에 있었다는, 그 이유 하나만으로.

청년이 떠나가자 그의 어머니도 현실의 삶을 살지 못했다. 지금까지 자신이 살아온 현실과는 너무나 다른 현실에 부닥뜨린 것이다. 말하자면 지금까지 살던 일상적인 세계를 떠나 전혀 생각하지도 못한 자신만의 또다른 세계로 빨려들어가 버린 것이다. 문제는, 그 해 봄날이 있은 지 사반세기가 지났지만 아직도 청년의 어머니 같은 사람이 한둘이 아니라는 것이다.

나는 그 해 봄날 이후 빛고을이 아닌 데로 삶의 터를 옮겨 살고 있는 사람 축에 든다. 나로선 그 도시의 바람과 햇살과 냄새를 참으로 감당하기가 어려웠다. 그래서 어느 날, 밤차를 타고 그 도시를 빠져나왔다. 그러나 어디서 어떻게 살든 잠시도 그 도시의 바람과 햇살과 냄새를 떨쳐 버리지 못했다. 나는 그 도시를 빠져나왔다고 생각했지만, 나중에 보니 그 도시를 등에 업고 떠나온 것이었다.

이 작품은 빛고을을 떠나온 이가 사반세기 넘도록 그 도시를 등에서 내려놓지 못하고 가슴속에 그득한 울음으로 쓴 이야기이다.

지금은 그 도시의 겉 풍경이 많이 바뀌었다. 그러나 나는 눈만 감으면, 아니 어쩌다 그 도시에 가서 바뀐 모습을 두 눈으로 확인하는 순간에도, 그 해 봄날의 모습이 그대로 떠오른다. 그리고 그 모습이 지금의 풍경 위에 막무가내로 덮어씌워진다. 큰길은 물론 뒷골목이며 크고 작은 건물에 이르기까지, 내 기억은 사반세기 전의 시간에 멈추어 있는 것이다.

역사는 때때로 심술을 부린다. 개인의 삶을 파괴하고, 사회 전체에 지울 수 없는 생채기를 남긴다. 그러나 역사는 바로 그 생채기를 나이테 삼아 폭을 넓히고, 한 발 두 발 앞으로 나아가는 것인지도 모르겠다. 아니, 반드시 그렇다.

이 작품을 읽게 될 어리거나 젊은 독자들이 평범한 개인의 삶이 어떻게 느닷없이 망가지고, 역사의 물줄기가 어떻게 바뀌는지 눈치만 챌 수 있어도 작가로서는 더 바랄 게 없겠다.

영문도 모르고 죽어 떠난 아들, 죽은 아들을 산 사람으로 보듬고 사는 어머니. 두 사람 사이에, 이야기를 쓴 나와 이야기를 읽을 독자 여러분이 있다.

다시 봄이다.

2006년 봄날에
무산서재에서 박상률

차 례

빛과 어둠 사이, 기다림

너는 갔다.

그래서 너의 목소리는 지금 여기에 없다.

그러나 너는 다시 여기에 있다.

어머니의 기다림과 함께.

기다림은 모든 걸 같이 있게 한다.

기다림,

숱한 세월 동안 무수한 사람들이

버리고 싶으면서도 놓아 버리지 못하는 끈 같은 것.

아니, 밧줄 같은 것.

지금 너의 어머니는

그 밧줄에 매달려 있다.

시간이 흐를수록 더욱 굵어지는 어머니의 밧줄.

그만큼 어머니의 기다림은 더욱 절실해지는 것이다.

그러나 너는 모른다.

알 수가 없다.

어머니가 매달린 밧줄의 굵기를.

푸르스름한 달빛이 서늘하게 내리쬐고 있는 이 곳에

너는 지금 누워 있다.

여기에 누워 어머니를 느낄 수 있을까?

여기에 누워 무슨 꿈이라도 꿀 수 있을까?

아니, 꿈이 가능하기나 할까?

여기는……

여기는 무덤.

무덤 속엔 빛이 없다.

어둠뿐이다.

그래서 답답하고 갑갑하다.

너를 묻다

"아이고, 내 새끼야! 아이고, 내 새끼야! 니가 뭣 땜시 요로코롬 누워 자빠져 있어야 헌단 말이냐. 퍼뜩 일어나거라, 이놈아! 어서 집에 가야 쓸 것 아니냐? 젊으나 젊은 것이 뭣 땜시 이러고 있난 말이여?"

월산댁은 아들의 관을 끌어안고 뒹굴며 고래고래 소리를 질렀다. 주위에 있는 사람들 모두 한숨을 쉬며 고개를 돌리거나 손등으로 눈물을 훔쳤다. 살 만큼 산 늙은이도 아니고 이제 막 스무 살 되어 가는 생때같은 젊은이가 죽었으니 뭐라고 할 말을 찾을 수가 없는 거였다. 그것도 아프기를 했나, 남에게 해코지하기를 했나, 그저 날마다 지나다니던 길 가다 영문도 모르고 죽었으니…….

보다 못해 옆에 서 있던 산역꾼 하나가 나섰다.

"아짐씨, 인자 그만 고정하쇼. 마지막 가는 길, 조용하게 보내

주는 게 좋다 안 하요."

산역꾼은 누구에게나 그래 왔던 것처럼, 틀에 박힌 위로의 말을 건넸다. 하지만 월산댁은 발버둥질을 멈추지 않았다. 발버둥치는 것에 그치지 않고 가슴을 마구 쥐어뜯었다.

"불쌍한 내 새끼, 이 에미는 인자 으찌께 살라고 죽어부렀다냐. 영균아! 영균아! 니가 뭣이 바뻐서 에미보다 먼저 가느냔 말이여!"

그러나 월산댁의 발버둥에도 불구하고 관은 곧 구덩이 속에 내려졌다. 산역꾼들은 익숙한 손길로 관 위에 흙을 뿌려댔다.

"안 돼야! 안 된단 말이시! 내 아들 묻지 마! 차라리 나를 묻어. 내 아들 내놔. 안 내놓을라믄 날 같이 묻어! 날 같이 묻으란께!"

월산댁은 흙이 뿌려지는 관 위에 엎드려 떼를 썼다. 영균의 친구들이 월산댁을 부축해 들어올렸다.

그 사이 한 삽 두 삽 퍼부은 흙이 곧 무릎 높이로 쌓였다. 그들은 달구질이고 뭐고 할 새도 없이 봉분을 만들었다. 봉분이라고 해 봐야 대부분의 공원묘지가 그렇듯이 나지막하고 작았다. 봉분은 땅 속으로 들어간 관이 놓인 자리보다 겨우 조금 더 클까 말까 했다.

산역꾼들은 봉분에 서둘러 떼를 입히고 옆자리로 옮겨 갔다. 산역꾼들은 누구 할 것 없이, 당신 아들만 땅 속으로 들어가는 것은 아니잖소, 난리통에 웬 떼죽음을 만나가지고 우리들은 몸이 열 개라도 모자랄 정도요, 하는 표정으로 손을 털고 연장을 챙긴 뒤 무덤덤한 모습으로 옮겨 갔다. 모두들 말을 할 줄 모르는 사람들처럼 입을 꽉 다물고 있었다. 아까 애써 위로의 말을 건넸던 산역꾼이 그나마 한마디 했을 뿐이었다.

"염병헐 것, 이 짓도 못 해먹겠구만. 전쟁도 아니고, 지진이 난 것도 아니고, 뭔 지랄 같은 세월이 다 있다냐!"

월산댁은 영균의 친구들에게 붙들린 채 계속 목 놓아 울어댔다. 저고리 앞섶이 다 풀어헤쳐지고, 머리칼이 엉망으로 흐트러졌다.

월산댁은 이제 거의 넋을 잃은 채 힘없이 중얼거리기만 했다.

"내 아까운 자식, 눈에 넣어도 안 아픈 새끼. 으쩌자고 이 에미보다 먼저 가부렀다냐. 못된 인간들, 나를 죽이제. 차라리 이 늙은 에미를 죽이제, 아까운 내 새끼를 죽이다니. 멀쩡헌 내 자식을 죽이다니, 내 자식을 죽이다니. 영균아…… 영균아……."

어느덧 건너편의 산 그림자가 이쪽 산을 덮기 시작했다. 산속이 점점 어둑어둑해지자 다른 자리에서 무덤을 만들던 산역꾼들이 일을 마치고 돌아갈 채비를 했다. 영균의 친구들도 거기서 마냥 그러고만 있을 수는 없었다. 친구 하나가 월산댁을 등에 업자 다른 친구 둘은 뒤에서 받쳤다.

산을 내려오는 동안, 공원묘지는 어둠에 완전히 휩싸이고 말았다. 해가 제법 길어지긴 했지만, 점심때가 한참이나 지나서야 매장 차례가 된 탓에 벌써 시간이 그렇게 가 버린 것이다.

적막해서인지 아직 저녁으론 이른 시간인데도 소쩍새가 벌써부터 간간이 울기 시작했다. 느릿느릿한 소쩍새 울음소리가 점차 공원묘지 골짜기를 꽉 채우기 시작했다. 소쩍새 울음소리에 월산댁의 신음 소리가 얹혔다. 두 소리가 섞이니 진양조에, 계면조에, 단조 풍으로 더할 나위 없는 처절함이 묻어났다.

영균의 죽음은 너무나 어이없는 죽음이었다. 그러기에 시간을 두고 제대로 절차를 밟아 장례를 치를 상황이 아니었다.

뜬금없이 군인들이 도시를 덮치고 며칠 지난 어느 날, 영균은 집에 들어오지 않았다. 그와 더불어 고약한 소문이 떠돌았다. 도시 여기저기서 사람이 마구 죽어 나자빠졌다는 것이다.

영균이 집에 들어오지 않자 영균의 가족과 친구 몇은 영균을 찾아 나섰다. 서로 길을 나누어 다친 사람이 많이 있다는 병원이며, 죽은 사람이 발견되었다는 시외버스 공용터미널이며, 죽은 사람들을 모아 놓았다는 체육관 같기도 하고 강당 같기도 한 상무관이라는 곳은 물론, 마침내 시민군이 터를 잡은 도청까지 뒤지고 다녔다. 그렇게 해서 가까스로 어느 병원 구석에서 영균의 주검을 찾아냈다.

가족이 나타나자 바로 시청 직원인지 동사무소 직원인지 하는 공무원이 기다렸다는 듯이 장례 준비를 하라고 했다.

"난리통에 죽은 사람 빨리 장례 치러버려야지, 그러지 않으면 나중에 가족들에게 좋지 않은 일이 일어날지도 모릅니다. 그러니까 여기다 시신을 오래 둘 것이 아니라 빨리 장례를 치르는 게 좋습니다."

기가 막히는 소리였다. 도시 전체가 밖으로 통하는 데 없이 전쟁 때보다 더 고립되어 있는 판국에 어떻게 장례를 치른단 말인가? 더욱이 죽을 준비도 안 된 사람이 죽었는데, 장례 준비가 되어 있기나 했겠는가?

영균네뿐만 아니라 다른 유가족들도 너무나 기가 막혀 장례고 뭐고 치를 생각도 못 한 채 모두 넋을 잃고 있었다. 그러다가 나중에 도청이 계엄군 손아귀에 넘어간 뒤 어쩔 수 없이 관청에서 하라는 대로, 이른바 진혼제인지 장례인지 하는 것을 치를 수밖에 없었다.

"어차피 죽은 사람은 죽은 사람이고, 산 사람은 살아야 하니까 얼른 마무리하고 잊어버리는 게 좋습니다."

관청에서 나온 공무원들은 일단 장례를 치르고 나자, 다 잊어버리는 게 남은 가족들 사는 길이라고, 시답잖은 말로 월산댁을 비롯한 여러 유가족들을 위로했다.

하지만 관청에서 시키는 대로 서둘러 장례를 치렀다고 모든 게 끝난 것이 아니었다. 살아남은 이들은 죽은 이들을 함께 껴안고 견뎌야 하는 일이 새로 시작되었다.

월산댁은 아들을 산에 묻고 집에 돌아오자마자 아들이 쓰던 방으로 들어갔다.

웃는 너

너, 너는 너의 방에 남아 있다.

너의 책상, 너의 책, 너의 옷, 너의 가방, 너의 사진 그리고, 그리고 무엇보다도 너의 냄새. 너를 너이게 했던 냄새, 식구들하고도 다른, 한 뱃속에서 나온 동생하고도 다른 너만의 냄새.

다른 것은 아무도 손댄 사람이 없어 그대로라지만, 너의 냄새도 아직 네가 남겨 놓은 그대로이다. 네가 방을 쓰지 않은 지 벌써 여러 날이 지났건만 너의 냄새는 아직도 너를 대신하고 있다. 너는 너의 몸 대신 너의 냄새로 남아 있는 것이다.

너는 냄새를 포함한 너의 흔적들로 인하여 아직 거기, 너의 방에 남아 있다.

너의 흔적들, 그것들은 너다. 너는 이제 흔적으로만 만날 수 있다. 너에 대한 다른 사람들의 기억, 그것도 너의 흔적이다. 너는 그들의 기억 속에 흔적으로 스며들었다. 열이면 열, 다 다른 모습으로 너를 기억할지 모른다. 그렇다면 너는 여러 사람에게 여러 모습으로 기억되리라. 그 기억 속에 너는 남아 있으리라.

사진틀 속에서 웃고 있는 너. 너는 아직도 웃고 있어야 할 까닭이 없다. 너의 육신이 사라지는 순간, 너는 네 웃음도 같이 거두어가야 했다. 죽음은 웃음으로 남을 일이 아니니까. 그러나 너는 그럴 새가 없었다. 그래서 넌 여태껏 웃고 있다.

너는 잘 웃었다. 즐거운 일이 있을 때는 물론 기가 막혀도 웃고, 어색해도 웃고, 심지어는 꾸지람을 들어도 금세 씩 웃고 말았다. 웃음 끝에 눈물 나는 일도 있었을 텐데, 철들고 난 뒤부터 너는 좀체 눈물은 보이지 않고 끝끝내 웃는 모습만 보여주었다.

그런 아이라서 중학교 때 어느 체육 시간엔, 무슨 일로 한 반 전체가 단체로 벌을 받고 나서도 씩 웃는 바람에 체육 교사의 비위를 건드리고 말았다. 그래서 넌 귀싸대기 몇 대 얻어맞은 것으로도 모자라 점심 시간 내내 운동장을 도는 벌을 덤으로 받아야만 했다. 벌을 다 받고 수돗가에 가서 땀에 젖은 체육복 윗도리를 벗자 친구가 물을 끼얹어 주었다. 그러자 너는 또 웃었다.

"히히, 시원하다!"

물을 끼얹다 말고 친구가 핀잔을 주었다.

"넌 웃다 얻어터지고 벌까지 받고도 웃음이 또 나오냐?"

"그래도 코피 안 터졌잖아?"

"코피는 왜?"

"싸움에서 코피 터지면 진 거야. 난 얻어터지고 벌은 받았어도 코피는 안 터졌으니까 선생님한테 지지는 않았잖아."

"인마, 애들끼리 싸울 때나 코피 터졌나 안 터졌나 따지지 일방적으로 벌 받으면서 코피 어쩌고 저쩌고 하는 놈이 어딨냐?"

"어쨌든 코피 안 터졌으니까 난 웃는 거야, 히히."

그런 아이였다, 너는.

너의 방에 있는 것들에서 너의 웃음을 가장 많이 간직하고 있는 건 너의 사진이다. 너의 웃음은 사진틀 속에 가득하다. 사진틀 속에 가득한 웃음이 지금 바로 밖으로 터져나와 방 안을 다 채울 것만 같다. 방 안 가득한 너의 웃음. 생각만으로도 푸르고 싱싱하다. 그래서 더욱 서글프다. 그렇게 푸진 웃음의 주인이 지금 없는 것이다. 너의 웃음이 도리어 남은 사람 모두를 슬프게 만든다. 결국 너는 남은 이들의 슬픔 속에 있다. 웃음마저도.

네가 너의 육신과 함께 거두어가지 못한 너의 웃음. 결국 너 대신 남은 그 웃음이 남은 이들의 슬픔을 더 깊게 한다. 그러나 너는 그런 사실을 모른다. 알 수가 없는 것이다.

검정 교복

월산댁은 아들이 검정 교복을 입은 채 활짝 웃고 있는 사진이 들어 있는 조그마한 사진틀을 책상에서 내렸다. 사진틀을 쥔 월산댁의 손이 부르르 떨렸다. 월산댁은 한 손으로 방바닥을 치며 울부짖었다.

"아이고, 내 새끼 영균아! 웃는 낯엔 침도 안 뱉는다는디, 너는 죽는 마당인지도 모르고 그 판 속에서도 틀림없이 웃고 있었을 것인디, 어떤 놈들이 웃고 있는 니를 죽이더냐! 엉, 영균아! 영균아! 말 좀 해보란께, 웃지만 말고! 아이고 가심이야, 답답헌지고!"

월산댁은 사진틀을 아예 가슴에 품고 발버둥을 쳐댔다.

그 사진은 영균이 고등학교에 막 들어갔을 때 학교 화단 앞에서 찍은 것이었다. 단추가 한 줄로 주르르 단정하게 붙은 검정 교복을 입고, 검정 모자는 뒤로 젖혀 쓴 채 윗몸을 앞으로 약간

숙이고 있는 사진인데, 어린 소년 티가 나는 얼굴이라 웃는 모습이 더욱 귀여워 보였다.

그 전에도, 또 나중에 다른 학년 때에도 사진이야 찍었겠지만, 영균은 웬일인지 그 사진만 줄곧 책상 위에 얹어 놓았다. 아마 고생스럽기는 해도, 이제 막 꿈에 부푸는 인생의 봄이 시작되는 시절로 느꼈기 때문이리라. 아니면 자신의 모습이 가장 잘 드러나 있는 사진이라고 여겼는지도 모른다.

"불쌍한 내 새끼, 에미 애비 잘못 만나 먹도 입도 제대로 못허고, 어린것이 이리 뛰고 저리 뜀시로 그렇게 살아볼라고 몸부림쳤는디. 야, 이놈들아! 야, 이놈들아! 내 새끼 살려놔라잉. 내 새끼가 뭔 죄가 있어서 느그덜 맘대로 쥑였냐, 이놈들아! 천벌을 받을 살인마들아!"

집에까지 온 영균의 친구고 누구고 아무도 월산댁을 말리거나 달랠 엄두를 내지 못했다. 훤한 대낮에 멀쩡한 자식을 잃어버린 어머니 심정을 누가 대신할 수 있으랴.

월산댁의 좁은 어깨가 계속 들썩거렸다.

"어머니, 어머니, 이제 그만 하셔요. 어머니가 이런다고 죽은 형이 살아 올 것도 아니잖아요."

영균의 동생 영훈이 월산댁을 뒤에서 감싸 안으며 달랬다. 그러자 갑자기 월산댁이 더 큰 소리를 냈다.

"야, 이놈아! 시방 너까정 에미 속 뒤집는 소리 하고 자빠졌냐? 느그 성은 안 죽었어! 느그 성은 안 죽었단 말이여!"

"어머니……. 어머니……."

영훈은 말을 더 잇지 못했다. 지금 어머니의 심정이 어떨 거라는 걸 누구보다도 잘 알기 때문이었다.

금방까지 누가 내 아들을 죽였느냐고 하던 월산댁이었다. 그런데 지금은 아들이 죽지 않았다고 소리 지른다.

월산댁이 갑자기 고개를 들더니 영훈을 똑바로 보며 있는 힘껏 말했다.

"영훈아, 니 똑똑히 알어야 쓴다. 그런 소리 함부로 씨부렁거리면 안 돼야. 느그 성은 절대로 안 죽었다! 그란께 맘 상헐 것도 없어야."

"예, 알았어요, 어머니."

대답은 그렇게 했지만 영훈은 흐르는 눈물을 어쩔 수 없었다.

형이 죽다니……. 아닌 게 아니라 도저히 믿기지 않는 일이었다. 사실 어머니 못지않게 자신도 마음속으론 형의 죽음을 인정할 수 없었다. 형을 산에다 묻고까지 왔지만 도무지 실감이 나지 않았다. 그저 악몽을 꾸고 있거나 잠깐 도깨비에 홀린 것

23

같기만 했다.

꿈이라면 어서 깨어나 버렸으면 했다. 도깨비에 홀린 거라면 놀랄 만큼 놀랐으니 이제 도깨비한테서 놓여났으면 했다. 그러나 꿈이 아니었다. 도깨비에 홀린 것이 아니었다. 형은 진짜로 죽은 것이다.

월산댁은 가슴에 품고 있던 사진틀을 방바닥에 내려놓은 뒤 두 손으로 쓰다듬었다. 행여라도 영균의 웃음이 일그러지기라도 하면 안 된다는 듯 조심스런 손놀림이었다. 어쩌면 영균의 웃음을 두 손에 가득 담고 있는지도 몰랐다. 월산댁은 검정 교복에 먼지가 붙어 있어 떼어낸다는 듯이 엄지와 집게손가락을 놀렸다. 그런 뒤 사진틀 유리에 입김을 불고서 옷소매로 문지르기까지 했다.

월산댁의 몸짓은 마치 엄숙한 제의를 치르는 제사장의 모습 같기도 했다. 그래서 영훈과 영균의 친구들 모두 숨소리조차 죽인 채 그저 바라보기만 했다.

마침내 월산댁이 사진틀을 원래 있던 자리에 올려놓았다. 유리에 얼비치는 영균의 검정 교복이 유난히 반짝이는 성싶었다.

월산댁이 영훈을 돌아보았다.

"느그 성은 쪼깐 있으믄 곧 돌아올 것이여. 그란께 방 어지르지 말고 깨끗이 치워놔야 쓴다. 에미 말 똑바르게 알어먹었냐?"

월산댁의 목소리는 바로 전과는 달리 착 가라앉아 있었다.

너를 품고 너를 찾아 나서다

그렇게 해서 너는 죽지 않았다. 너의 어머니가 너의 죽음을 인정하지 않은 것이다. 사실 너의 어머니는 너의 죽음을 인정할 수가 없다. 네가 쓰던 물건이 없어지거나 흐트러지지 않은 채 그대로 있고, 너의 냄새도 아직 그대로이고, 단정하게 검정 교복을 입고서 여전히 환하게 웃고 있는데 어찌 너를 죽었다고 할 수 있겠는가?

부모가 죽으면 청산에 묻고 자식이 죽으면 가슴에 묻는다더니, 말 그대로 너의 어머니는 너를 가슴에 묻은 것이다. 아니다. 너를 가슴에 묻은 것이 아니다. 가슴에 품은 것이다. 죽은 네가 아닌 산 너를 품은 것이다. 그렇게 해서 너는 어머니한테 죽지 않은 아들이 되었다.

그러나 그렇다고 해서 너의 육신이 무덤 속에서 다시 걸어 나올 리는 없다. 너는 네가 무덤으로 갈 때까지 살아온 발자취에만 살아 있는 것이다. 너의 어머니가 가슴에 품은 것도 네가 무덤 속으로 가기 전까지의 모습일 것이다. 너의 어머니는 너의 흔적을 부둥켜안고서 네가 살아 있다고 느끼는 것인지도 모른다.

그런데 죽은 아들을 가슴에 품은 어머니는 아들을 살려내 같이 살아 있는 것인지, 아니면 아들과 함께 죽어 있는 것인지 그건 도무지 알 수 없는 일이다.

너를 묻고 와서 결국 너의 어머니는 며칠을 꼼짝 않고 드러누워 끙끙 앓았다. 열이 펄펄 나고 헛소리까지 해댔다. 그러다가 자리에서 가까스로 일어나자마자 그 날로 너의 무덤에 다녀왔다.

"영훈아, 느그 성이 잘 있는가 보고 왔다. 근디 성이 쪼깐 답답허다고 허더라. 허기사 답답허게도 생겼제. 여섯 자나 될까 말까 헌 디 웅크리고 누워 있어야 헌께……."

너의 동생은 어머니의 그 말에 그저 묵묵부답할 수밖에 없었다. 뭐라고 적당한 말을 찾을 수 없어서가 아니라, 말이 필요 없기 때문이었다. 동생이 보기에 어머니는 이제 네가 살아 있을 때의 그 어머니가 아니다. 너의 어머니는 지금 너의 동생 영훈이 느끼는 것과는 전혀 다른 세상을 살고 있는 것이다.

그 다음 날도 너의 어머니는 끙끙 신음 소리가 나는 걸 참지 못하면서도 다시 외출할 준비를 했다.

"내가 시방 어디 쪼깐 갔다 와야 쓰겄다잉."

"또 형 만나고 오시게요?"

"아녀, 오늘은 느그 성이 댕기던 철물점에 쪼깐 댕겨 올란다."

"철물점에요? 거긴 왜요, 어머니?"

너의 동생은 어머니의 말이 생뚱맞게 여겨져 다시 물었다.

"왜는 왜겄냐? 느그 성이 오늘은 글로 온다고 혔은께 그라제."

"형이 철물점으로 와요?"

너의 동생은 안타까운 표정으로 어머니를 바라보았다. 그러다 얼른 어머니를 다독거렸다.

"그러세요, 어서 다녀오세요. 형이 어쩌면 거기 가 있는지도 모르겠네요……."

지금으로선 어머니가 하는 대로 지켜봐 주는 게 어머니를 위하는 일인지도 모를 일이었다.

너의 어머니는 힘없는 웃음을 한 번 지은 뒤 집을 나서 버스가 다니는 큰길가로 곧장 나갔다.

버스 정류장에 아는 얼굴은 하나도 없었다. 버스 몇 대가 도착했지만 네 어머니가 탈 버스는 아니었다.

버스에서 내린 중늙은이 하나가 손자인 듯한 어린애 하나와 다가와 뭐라고 길을 물었다. 그러나 너의 어머니는 정신이 딴 데 팔려 있어서 무슨 말인지 알아듣지 못하고 그냥 멍하니 서 있었다. 중늙은이는 종알거리는 아이 손을 끌며 길가 가게들의 간판을 쳐다보았다. 너의 어머니의 머릿속에 잠깐 동안 그 옛날 너의 손을 잡고 다니던 기억이 떠올랐다. 너도 저렇게 어릴 적이 있었다. 아장아장 걸으며 종알거리던 때가.

마침내 너의 어머니가 탈 버스가 왔다. 너의 어머니는 무릎에 손을 짚으며 힘겹게 버스에 올라탔다.

선산에 장끼 울다

영균은 낮에는 그 철물점에서 일하고 밤에는 학교에 갔다. 이제 막 들어간 야간대학을 다니고 있는 중이었다.

영균은 고등학교도 야간 공업고등학교를 다녔다. 월산댁은 영균이 야간학교에 다닌다는 게 늘 마음에 걸렸다. 아무리 아버지가 죽고 없다지만 고등학교만큼은 제대로 낮에 보내야 할 것인데, 낮에는 일하고 밤에 학교를 다녀야 하는 영균을 보면 항상 안쓰러움이 앞섰다.

"애비가 없은께 영균이 니 신세가 참말로 고단허게 되아부렀다. 넘들맨치로 잘 먹고 잘 살든 못혀도 학교라도 해 있을 때 댕겨야 쓸 것인디, 낮이고 밤이고 쉴 새가 없으니……."

영균은 고등학교 3년 내내 우유 배달을 했다. 새벽에 자전거로 배달 구역을 한 바퀴 돈 다음, 학교 가기 전까지 낮 시간엔 수금을 하거나 배달할 집을 하나라도 더 늘리기 위해서 이 집

저 집 대문을 두드리며 발이 닳도록 돌아다녔다. 그렇게 해서 영균은 스스로 학비를 버는 것은 물론 집안 살림에도 보탬을 주었다.

신문 배달이 우유 배달보다는 쉬웠지만 아무래도 보수는 우유 배달만 못했다. 그래서 영균은 무거운 우유 배달 자전거를 몰았던 것이다.

월산댁은 고등학교만 졸업해도 장한 일이라고 생각했는데, 영균은 거기서 그치지 않고 대학에 합격했다. 비록 야간대학이지만 아들이 대학에 들어갔다는 사실 하나만으로도 월산댁은 가슴이 벅찼다.

"우리 아들 장허다, 장해! 따순 밥 먹고 밤낮으로 공부만 혀도 들어가기 힘들다는 대학을 니는 야간 고등학교만 댕겨갖고도 들어가다니. 우리 아들 최고다, 최고여!"

"아이 참, 어머니도. 야간대학은 말예요, 거의 떨어지는 사람 없이 미달이 되니까 맘만 먹으면 누구나 다 들어갈 수 있어요. 제가 언제 공부나 제대로 했나요?"

"아녀, 아녀, 그런 소리 말더라고잉. 고로코롬 겸사할 필요 없어야. 대학생은 아무나 되는 것이간디. 대학이란 디는 선산에 봉황은 놔두고 장끼라도 울어야 들어갈 수 있는 벱이여!"

월산댁은 골목 쪽으로 목을 길게 빼며 두 손을 입에 모으고 짐짓 나발 부는 시늉을 했다.

"동네방네 사람들, 내 말 쪼깐 들어보쇼잉. 우리 아들이 시방 대학에 붙어부렀소. 찐득찐득한 조선엿이 입 천장에 찰싹 붙듯이 대학에 붙어부렀단 말이오!"

월산댁은 야간이든 뭐든 대학에 들어간 아들이 그저 신통방통했다. 그래서 있지도 않은 선산까지 들먹이며 스스로 우쭐해본 거였다. 마음 같아선 골목에 나가 아무라도 붙잡고 마구 자랑을 하고 싶었다.

그러나 자랑 끝에 불 붙고, 자랑 끝에 쉬 슬고, 자칫 자랑단지가 깨질 수도 있다는 말이 떠올라 애써 그런 마음을 눌렀다. 사실 그보다는 이내 곧 입학금 걱정에 즐거움도 잠깐이었다.

"근디 영균아, 입학금은 으찌께 맨들어야 쓰끄나?"

"걱정 마세요, 어머니. 이번에 옮겨 가는 철물점 사장님한테 우선 빌려서 내고 차차 일해서 갚기로 했어요."

영균은 제법 큰 철물점에 들어가기로 이미 결정이 되어 있었다. 그 철물점은 전기 공사나 보일러 공사 같은 것을 하청 받아서 하는, 이른바 설비업체였다. 우유 배달을 다니면서 철물점 주인을 알게 되어, 고등학교 졸업하면 일하기로 이미 얘기가 되어 있었던 것이다.

월산댁은 가슴을 쓸어 내렸다. 아들이 너무 기특하기만 했다.

"하이고, 우리 아들 참말로 엽렵하기도 허네그랴. 그려도 대학 입학금이 어디 한두 푼이라야제…… 거그다가 영훈이도 인자 고등학교에 들어가야 허고……."

월산댁은 영균이 고마우면서도 여전히 걱정이 뒤따랐다. 이럴 땐 남편이라도 죽지 않고 살아 있었으면, 아니면 자신이라도 몸이 성해 벌이를 할 수 있었으면 훨씬 나을 텐데 하는 생각이 들었다.

꿀벌은 슬퍼할 새가 없다

너의 어머니는 네가 대학에 진학한 것을 너보다 더 좋아했다. 입학금 걱정에, 생활비 걱정에, 너의 동생 걱정에, 걱정은 태산 같았지만 좋은 건 좋은 것이었다.

누구보다도 너는 어머니의 그런 심정을 잘 알았다. 고등학교도 야간을, 그것도 가까스로 다닌 처지였는데 거기에 그치지 않고 대학까지 들어갔으니, 어머니로서는 그저 가슴 벅찰 일인 것이다.

'내가 생각한 것 이상으로 어머니가 좋아하시는구나. 어머니한테 다른 걱정 안 끼치고 잘해 나가야지. 우리 집 형편에 대학까지 다니는 건 어쩌면 사치야. 대학까지 다니려면 지금보다 더욱 마음을 다잡고 열심히 살아야 해.'

너는 자전거는 두 발로 계속 밟아 주어야 쓰러지지 않고 앞으로 나간다는 걸 누구보다 잘 알고 있었다. 자신의 삶도 자전거와 마찬가지라고 여겼다. 게으름 피우거나 어영부영하다간 바로 주저앉게 되고 말 터였다. 그러니 너는 그 동안 우유 배달 자전거 발판을 쉬지 않고 밟았듯이 앞으로도 더욱 열심히 살아야 한다고 생각했다.

너는 어머니가 좋아하는 일이라면 뭐든지 할 각오가 되어 있었다. 너는 그렇게 하는 게 결국은 너 자신을 위하는 일임을 잘 안다. 너의 어려운 환경은 너 스스로 더욱 강한 사람이 되게 하고, 더욱 철이 들게 하였다. 그리하여 마침내 너는 애늙은이는 말할 것도 없고 어지간한 집의 가장들보다도 더 믿음직스러운 청년이 되었다.

이제 너에게 남은 바람이라면 어머니가 더욱 건강해지고, 동생만큼은 제대로 가르쳐 보는 것이었다. 그리고 대학 다니면서 전기기사 자격증을 따 나중에 어엿한 직장인이 되거나 설비업체를 꾸리는 것이었다. 그러기 위해선 하루 한시라도 허투루 보낼 수가 없었다.

그래서 넌 마음이 조금이라도 풀어질 때마다 어느 영어책에서 본 격언을 떠올리며 자신을 다잡았다. 영어로는 기억나지 않지만, '꿀벌은 슬퍼할 새가 없다'는 말이었다. 중학생 때 옆 짝이 가지고 있던 영어 참고서에서 본 그 말은 늘 너 자신을 다독

35

거리고 채찍질해 주었다.

　물론 너도 때론 너의 집안 환경과 너 자신의 처지에 눈물을 흘렸다. 그러나 식구들에겐 조금도 내색하지 않았다. 이미 운명 지어진 것을 두고 그 운명을 탓하고만 있어서는 아무 소용 없다는 것을 알기 때문이었다. 어떡하든 그 운명에서 벗어나기 위해 지금 할 수 있는 일을 열심히 하는 수밖에 없다고 생각했다. 그리고 기왕 이 세상에 태어났으니 애써 즐거운 마음으로 살자고 생각했다.

　그렇다면 너는 낙천주의자였나? 겉으론 그렇다. 그러나 타고난 낙천주의자가 어디 있겠는가? 현실이 어둡고 무거운데 저절로 웃음이 나오고 저절로 기운이 솟겠는가? 그러나 너는 웃고 살았다. 스스로를 낙천주의자로 만들어 나갔다. 그렇다면 웃을 수 있는 너의 힘은 어디에서 나왔나? 그건 어머니, 바로 어머니에 대한 너의 애틋한 마음에서 나왔다. 어머니가 누구보다도 고생하며 살아온 것을 잘 알기에 너는 허투루 살 수가 없는 것이었다. 너는 어머니의 희망 그 자체이기에.

행복은 없다

월산댁은 시골에서 남편과 함께 가진 것 없이 두 주먹만 불끈 쥐고 도시로 나왔다. 시집을 가서 보니 조상한테서 물려받은 것 없는 집안이라 부쳐 먹을 땅 한 뙈기 없었다. 그러기에 남의 집 일만 해가지고서는 도저히 희망을 가질 수가 없었다. 그래서 결혼한 지 몇 해가 지난 어느 해 봄, 남편을 부추겨 고향을 떴다.

"어디 간들 밥이야 굶겠소? 여그서 하는 것맨치로 일허믄 절대로 이보다 못허지는 않을 것인께 날 따숴지믄 바로 뜨잔께라."

남편은 처음엔 정든 고향을 떠난다는 게 그리 쉬운 일이 아니라고 생각했다. 그러나 마을에서 자기네보다 형편이 더 나은 집들도 벌써 도시로 나가기 시작하는 걸 보고 마음을 정했다. 게다가 아내의 말은 이치에 어긋난 것이 하나도 없었다. 사실 밤낮으로 죽어라 일만 해도 나아지지 않는 가난한 살림에 자신도 지칠 대로 지쳐 있었다.

어디 간들 여기보다 못하랴 하고 나온 도시 생활도 결코 만만치 않았다. 이제 겨우 말귀 알아듣는 큰놈에 걸음마 하는 작은놈까지 딸려 있어 하루하루가 외줄을 타는 것만 같았다. 힘이 들 때마다 남편은 차라리 고향에 돌아가는 것이 낫겠다는 생각을 했다.

"까마구도 고향 까마구가 더 반가운 법인께, 고향에 돌아가믄 마을 사람들이 우릴 모른 체허든 않을 것인디……."

그러나 그 때마다 월산댁은 고개를 저었다. 아무리 힘들어도 다시 고향에 돌아갈 수는 없었다.

"힘들기는 허제만, 그래도 기왕 나왔은께 으찌께 허든 뿌렁구 박고 살어야 안 쓰겄소? 자식 새끼들 커 나가는 것 보면서 살다 보믄 옛말 허믄서 행복하게 지낼 날 있겄지라."

월산댁 부부는 도시로 나온 뒤 줄곧 둘이서 함께 손수레에 채소를 싣고 다니며 팔았다. 힘은 들었지만 그렇게 해서 마침내 십 년 만에 변두리에 집도 장만했다. 생쥐 볼가심 할 것도 없던 살림에서 시작한 까닭에 비록 게딱지만하긴 했지만 남편과 함께 장만한 집에서 월산댁은 무척 행복했다. 더욱이 아들 형제도 건강하게 잘 자라 주었다. 그러나 행복은 거기까지였다. 어느 날 남편과 함께 새벽시장에서 뗀 채소를 손수레에 싣고 길을 건너다가 그만 교통사고를 당하고 만 것이다.

남편은 그 자리에서 숨지고, 월산댁 자신은 머리와 허리를 많이 다쳐 석 달 동안 꿈쩍도 하지 못한 채 병원에 누워 있어야만 했다. 퇴원한 뒤에도 병원에 다니며 두통치료다 물리치료다 하면서 계속 치료를 받았다. 하지만 이미 망가진 몸은 예전 상태로 돌아가지 않았다.

횡단보도도 신호등도 없는 곳이긴 했지만, 날마다 건너던 곳이라 눈을 감고도 건널 수 있는 곳이었다. 하지만 사고는 순식간에 일어나는 법. 목격자도 없는데다 사고를 낸 차도 뺑소니를 쳐 버린 뒤라 남편 보상비는 물론 자신의 치료비조차 한 푼 건지지 못했다. 오히려 그나마 모은 돈을 모두 까먹고 말았다.

월산댁은 자리에서 일어나자마자 무슨 일이든 닥치는 대로해서 자식들과 먹고살려고 버둥대 봤으나 다친 허리가 더 도져 식당 허드렛일이든 광주리 장사든 제대로 할 수가 없었다. 그래서 아예 일을 하지 않고 날이면 날마다 쉬는 게 일이 되어 버렸다. 그런데도 몸이 좋아지는 게 아니라 날이 갈수록 걷는 일조차 힘이 들었다. 게다가 가끔씩 머리가 깨지게 아프면서 바로어제 일도 아득하게 느껴질 때가 있고, 점차 총기도 사라졌다.

"아이고매 죽겠네. 사람 사는 꼬라지가 요로코롬 팍팍해서 으찌께 사끄나잉. 산 입에 거미줄이야 치겄냐고들 해쌓지만 다 허기 좋은 말이제. 아이고 허리야……. 아이고 머리야……."

그나마 다행인 것은 고등학교에 들어간 큰아들 영균이 마음 쓰는 것이나 행동하는 것이 슬거워서 영균이 덕에 세 식구가 굶지 않고 살 수 있게 된 것이었다. 자칫했으면 판잣집이나 다름없는 집마저 팔아야 할 판이었다. 그런데 세 식구 밥 굶지 않고 집도 날리지 않고, 게다가 영훈은 낮에 학교를 다닐 수 있게까지 되었으니, 이게 모두가 다 영균이 몸부림치고 산 덕분이었다.

영균은 마치 먹이를 굴로 물어 나르는 개미처럼 열심히 살았다. 어쩌다 먹을 것이 생기면 반드시 집으로 가져와 어머니와 동생에게 건넸다. 그것뿐만이 아니었다. 우유 배급소 소장이 배달하고 남은 우유를 건네주기라도 하면 그것 한 병이라도 반드시 집으로 가져와 식구들에게 먹이기까지 했으니, 그야말로 먹이 물어 나르는 개미였다.

그 때마다 월산댁은 아들의 마음 씀씀이가 고마우면서도 안쓰러웠다.

"누구 배보다 니 배가 더 출출할 것인디 뭐 헌다고 요것을 때마다 집에까정 가져온댜. 그냥 거그서 마셔불제."

"저는 마셨어요. 어머니 드세요."

월산댁은 영균이 때마다 둘러대는 걸 잘 알고 있었다. 그래서 아들이 가져온 우유를 마실 때마다 그 우유보다 더 많은 눈물을 쏟아야 했다.

영균은 정작 자기 집엔 우유를 대 먹지 못하는 게 늘 가슴아팠다. 그래서 어쩌다 남는 우유라도 한 병 얻게 되면 자기가 마시지 않고 꼭 챙겨서 집으로 가져오는 것이었다. 영훈 역시 집안의 사정을 잘 아는지라 학교가 끝나면 곧장 신문 보급소로 달려가 석간신문을 돌림으로써 살림에 적지 않은 보탬을 주었다.

월산댁은 버스를 타고 가면서도 청년들만 올라타면 그 가운데에 영균이 섞여 있을까 싶어 혹시나 하며 살펴보았다.

마지막 일기, 힘든 날

　너도 청년이었다. 누가 뭐라 해도 너는 건장한 청년이었다. 고등학교 때부터 낮에는 일하고 밤에는 학교에 다녀도 끄떡없던 청년이었다. 몸에 좋다는 보약은커녕 겨우 배나 곯지 않고 살았는데도 그 흔한 감기 한번 가볍게라도 앓은 적 없고, 어깨고 다리고 어디 한 군데 꽝꽝하지 않은 곳이 없는, 그야말로 한창때의 청년이었다.

　힘도 있고 꿈도 있는 청년, 그런 청년인 네가 죽다니. 너는 어느 모로 보나 아직 죽을 때가 안 된 사람이었다. 죽음에는 노소가 없다지만 너는 죽을 준비라곤 눈곱만큼도 할 필요가 없는 사람이었다. 그런 준비 따위는 오륙십 년은 지나서나 할 일이었다. 그런데 너는 죽었다.

　그렇다면 뭔가 문제가 있다는 얘기다. 그것도 일터로 가는 길에 길바닥에 죽어 너부러졌다는 건 분명 문제가 있다는 얘기다.

맞다. 문제가 있다. 너의 죽음엔 문제가 있다. 너는 신문 부고란에 흔히 나오는 숙환이니 지병이니 하는 것으로 죽은 것이 아니다. 자다가 급작스레 가는 돌연사도 아니었다. 그렇다면 너의 죽음엔 분명히 문제가 있는 것이다.

너의 죽음과 함께 어느 날 갑자기 너의 일상은 멎어 버렸다. 살아 있다면 어떤 식으로든 너의 일상은 계속되었을 것이다. 너의 일상이 멎은 건 너의 일기만 봐도 알 수 있다. 너는 고등학교 입학 이후 거의 하루도 빼지 않고 일기를 썼다. 그런 일기에 더는 새로운 날짜가 적히지 않는다는 건 너의 일상이 멎어 버렸다는 것이다.

너는 일기에 참 많은 걸 적어 두었다. 그날 그날 일어난 일들, 어머니의 건강 상태, 새로 우유를 댈 집을 개척한 날의 기분 등, 일기엔 너의 모든 것이 담겨 있다고 해도 좋을 터였다.

대학 진학을 결정한 뒤, 입학금을 마련하려고 애를 쓰던 때의 모습도 일기에 들어 있다. 등록을 할까 말까 고민하던 것부터 집안 사정에 대한 고민, 어머니 걱정, 동생의 미래에 대한 염려까지, 최근 몇 달 동안의 일기에는 지난 몇 년의 고민과 맞먹을 정도의 무거움이 들어 있다.

입학금에 대해 어머니한테는 쉽게 얘기했지만, 사실은 미리 목돈을 받고 새로운 일터로 옮기기를 얼마나 갈망했는지, 너의 일기는 너 대신 말해 주고 있다. 그러다가 마땅한 자리가 났을 때 너는 '하늘은 스스로 돕는 자를 돕는다'는 말이 맞다며 앞으로 더욱 열심히 살 것을 다짐하기도 했다. 아주 감격스러운 어투로.

마지막 날 일기는 요즘 너의 생활을 뭉뚱그려 놓은 것이었다.

힘든 날

하늘은 맑았다. 그러나 세상 돌아가는 형편은 무척 흐렸다. 요 며칠이 똑같다. 시위하는 사람들. 진압하는 군인들. 거리가 살벌하다. 학교 수업은 안 한 지 이미 오래. 덕분에 일하는 데 더 몰두할 수는 있으나, 어쩐지 불안. 이러다가 뭔가 큰일이 날 것 같기만. 전쟁? 설마. 대학생들 얘기로는 군인만 물러가면 된다는데, 나로선 알 수 없다. 얼른 상황이 좋아졌으면.

얼른 월말이 되어 월급을 탔으면. 사장님한테 입학금으로 빌린 돈 빼고 나면 얼마 안 되지만 그래도 돈 나오면 어머니랑 영훈이랑 중국집 가서 짜장면 한 그릇씩 사 먹어야겠다. 고등학교 졸업식 날 짜장면 먹고 아직까지 못 먹어 봤다. 그릇 바닥까지 핥아먹던 영훈이 모습이 애처로웠다. 눈 딱 감고 한 그릇 더 사 주는 것인데……

어머니는 두 아들 그릇에 이녁 것 덜어 주시고 속 안 좋아 그러신다며 물만 들이켜시고. 어머니는 자꾸만 눈물 나게 하신다. 언제쯤 되어야 짜장면 한번 배부르게 먹어 볼까.

이번 월급 타면 달걀도 한 판 통째로 들여놓아야겠다. 영훈이 실컷 달걀 삶아 먹으라 하고, 난 달걀부침이 푸짐하게 들어 있는 김밥 싸 먹어야지.

서툰 솜씨로 하루 종일 천장 쳐다보며 전기공사 했더니 목이 뻐근하다. 그런데 속없이 배가 고프다. 물이나 마시고 얼른 자야겠다. 내일은 또 내일의 일이 기다리고 있다. 세상이 아무리 시끄러워도 하루하루 최선을 다해 내 할 일을 하는 게 나의 몫일 터. 자자.

일기는 거기서 끝이 난 채 덮여 있었다. 볼펜이 껴 있는 채로. 굳이 일기장을 감추고 말고 할 일이 없어 너는 책상 구석에 그대로 두었다. 그래서 네가 들어오지 않던 날 밤, 영훈은 혹시나 해서 네 일기장부터 펼쳐 본 것이다. 그러나 일기만 봐서는 네가 간 곳을 알 수 없었다.

그 대신 너의 흔적을 더듬다 보니 다 떨어진 헌털뱅이 운동화 대신 새 운동화를 신고 나갔다는 것을 알 수 있었다. 또 늘 입던 바지는 집에 그대로 있다는 것도. 그 운동화는 지난 달 월급날에 시장 구석 신발가게에서 산 것이었다.

　너의 일기에 너의 일상이 더 담기지 않으면서 너의 어머니의 일상도 멎어 버렸다. 사실 너의 어머니는 지금 일상을 사는 게 아니다. 너의 죽음에 문제가 있어 너의 어머니의 삶에도 문제가 생긴 것이다. 문제가.

서러워서 못 견디는 풀잎 피리 소리

월산댁은 버스 종점 한 정류장 전에서 내렸다. 새로 개발되는 아파트 지역의 입구였다. 아직 포장이 채 되지 않은 길이어서 버스가 달릴 때마다 먼지가 풀풀 날렸다.

월산댁은 내린 자리에서 사방을 한 번 둘러보았다. 전에 영균이 새로 일할 곳이라 해서 한 번 와 본 적이 있었다. 그 때 기분은 배고파 떠나온 고향 시골에 아들이 출세해서 돌아와 면장으로 부임이라도 하는 것만큼이나 기특하고 가슴이 뿌듯했다.

그새 건물들이 들어서고 가게마다 간판이 더덕더덕 붙어 있어서 방향 감각이 잘 잡히지 않았다.

"염병할 것, 뭣이 이렇게 복잡하게 바뀌어부렀다냐. 어디가 어딘지 통 모르겄네잉."

월산댁은 선 자리에서 고개를 좌우로 돌려 한 번 쭉 훑듯이 돌아본 뒤 곧장 걷기 시작했다. 아파트 입구와는 대각선 방향이 되는 쪽이었다. 이윽고 전봇대 두 개가 쌍으로 붙어 있는 골목 입구에서 멈춰 섰다.

"쌍 전봇대가 서 있는 디였는디……."

월산댁은 철물점 간판을 찾느라고 두리번거렸다. 골목 안쪽 스무 걸음쯤 해서 철물들이 진열되어 있는 가게가 보였다. 간판은 붙어 있는지 어쩐지 잘 보이지 않았다. 가게 자리치곤 조금 외진 곳이었다.

"쩌그 있구만!"

월산댁은 철물점 앞에 이르자마자 아들 이름을 불렀다. 그러나 철물점에선 아무도 나오지 않았다. 월산댁은 철물점 안으로 걸어 들어가며 더 큰 소리로 아들을 불러댔다.

"영균아, 이놈아! 에미가 왔다. 에미가 왔단께!"

그렇게 소리를 지르고도 한참이 지나서야 철물점 안에 있는 방의 미닫이문이 열리며 육덕이 좋은 젊은 여자가 고개를 내밀었다.

"누구시다요?"

"나, 여그로 일 나오는 영균이 에미 되는 사람이요."

"아, 그러시다요."

젊은 여자는 그제야 비로소 문 밖으로 나왔다.

"영균이 총각은 요새 안 나오는디요."

아들이 요새 안 나온다는 말을 들어도 월산댁은 태연했다.

"영균이 지가 오늘 여그로 온다고 나보고 가 있으라고 했은께 왔지라."

"예? 영균이 총각이 이리 온다고 했다고라?"

"그랬단께라."

"어, 이상하네. 영균이 총각은 난리통 시작된 지 며칠 지나서 부터 안 나오더니 끝나고 나서도 한 번도 출근을 안 했는디요?"

"세상이 뒤집어져 무슨 사정이 있은께 그랬겠지라. 그래도 인자 올 만헌께 에미더러 여그로 오라고 안 했겄소."

철물점 여자는 영균이 어머니가 무슨 말을 하는지 잘 알아들을 수가 없었다.

"지금 우리 애 아빠랑 다른 총각들은 모두 아파트 시설해 주느라 눈코 뜰 새 없이 바쁜디, 영균이 총각은 전화 한 통도 없이 나오지 않고 있단께요. 난리통 땐 전화가 먹통이라 연락할래도 할 수 없었겠거니 생각했는디, 나중에 전화가 다시 통하게 되었는디도 여태껏 연락이 없어서 다들 이상허게 생각하고 있구만요. 총각네 집엔 전화도 없어서 우리도 연락해 보지 못했구만이라."

"우리 집엔 전화가 없은께 뭔 일 있으믄 사람이 직접 찾아와야 허지라."

"우리 애 아빠가 바쁜 일 쪼깐 끝나믄 직접 찾아가본다고 했는디……."

"올 것 뭐 있었소. 영균이가 쪼깐 있으믄 일로 올 턴디……."

"근디 영균이 총각은 지금까지 어디 있었다 합디요?"

"세상이 다 뒤집어졌는디, 어디 편한 디 있었겄소. 지금 저짝 북망산 뫼똥 속에 누워 있다 오는 것이제."

"예? 어디, 어디라고라?"

철물점 여자의 눈이 쇠눈깔만해지면서 놀라 자빠지는 시늉을 했다. 그러나 월산댁의 말투는 태연하기 짝이 없었다. 손까지 들어 한 곳을 가리키며 대답했다.

"어디긴 어디다요. 쩌그 공동묘지 한삐짝이제. 척 허믄 착이제, 뭔 말을 고로코롬 못 알아묵고 묻고 또 묻고 그러요? 젊은 사람이……."

철물점 여자는 아예 더 물어볼 엄두도 내지 못하는 듯했다. 월산댁의 말이 너무도 거침이 없었기 때문이다. 철물점 여자는 곧바로 어찌 된 일인지를 알아차렸다.

"그, 그, 그랬었구만요. 난리통에 그만……."

월산댁은 아무 말 없이 서 있기만 했다. 철물점 여자도 아무 말 없이 서 있기만 했다. 어디선가 비장한 곡조의 노랫소리가 들려왔다. 장송곡이었다.

붉은 피만 낭자쿠나 도청 앞 분수대
서러워서 못 견디는 풀잎 피리 소리
가슴 펴고 외치노라 평화와 자유를
민주 혼은 살아 있다 무진벌 골짜기
자랑스런 민주 투사 젊은 영령들이여
정결한 피 최후의 날 우리 승리하리라.

이름 미상인 너

그랬다.

너는 난리통에 변을 당했다. 난리통, 난리통이었다. 80만 명이나 되는 사람이 사는 거대한 도시가 열흘 간이나 섬처럼 고립되어 있었고, 전쟁도 아닌데 군인들이 완전무장한 장갑차를 앞세워 사람들을 총으로 쏘고 칼로 쑤시고 곤봉으로 내리쳤다면 분명 난리통은 난리통이었다. 그것도 국민을 지켜 주어야 할 국군이 되레 국민을 짓이겼으니, 난리통도 보통 난리통이 아니었다.

사람들은 흥분해서 목소리를 높이고, 분해서 소매를 걷어붙이고, 살기 위해서 군에 맞서 총을 들 수밖에 없었다.

"아니, 국민의 군대가 시방 국민을 만만한 홍어 좆으로 아는 거여, 뭐여! 이대로 앉아 있다간 우리 모두 장갑차에 깔려 쥐포가 되거나, 총알받이 되어 벌집 되고 말겠구만."

그리하여 어이없게도 정부군과 시민군이 맞붙는 싸움이 벌어진 것이다. 그것도 햇살 좋고 바람 좋고 하늘 빛깔까지 고운 5월에.

너는 그 난리통과는 어쩌면 아무 관계 없이 지낼 수 있었다. 그런데 너는 너의 의지와는 아무 상관 없이 그 난리통 속에 휩쓸려들고 말았다.

철물점 주인 따라 새로 지은 아파트의 자질구레한 설비들을 하러 다니던 너였다. 그런 네가 어느 날 그만 시내 지하도 입구에 엎드려 죽은 채로 발견되었다. 사람들은 곧 죽은 너를 병원 뒷마당에 옮겨 놓았다.

아무도 네가 무엇 때문에, 또 어떻게 죽었는지를 모른다. 그러나 알 만한 사람은 다 안다. 너와 같은 기간에 너와 같은 모습으로 죽은 사람이 많기 때문에, 굳이 보지 않아도 알고 따져 보지 않아도 알 수 있기 때문이다. 너의 죽음에 대한 정보는 기껏 몇 줄 안 되게 적혀 있지만, 그것만으로도 너의 죽음은 모든 걸 보여주기도 한다.

이름 미상
대학생인 듯함

금남로 지하도 입구에서 발견

복부 관통상

군인들을 피해 지하도로 들어가다 총에 맞은 것 같음

너를 어느 병원 구석에서 찾아냈을 때, 너의 주검 위에 걸린 기록판에 적힌, 너에 대해 알 수 있는 모든 것이었다. 네가 왜 죽었는지는 나와 있지 않고, 너의 주검을 발견한 장소와 총을 맞고 죽었다는 사실만 적혀 있을 뿐이었다. 어쩌면 죽은 너 자신도 무엇 때문에, 또 어떻게 죽었는지 모를 것이다. 너의 죽음은 그만큼 뜻밖이었다. 혹 어떻게 죽었는지는 알지 모른다. 그러나 네가 그걸 설명할 수는 없다. 네가 미처 그걸 파악하기도 전에 총알이 더 빨리 네 몸을 뚫고 지나갔으므로.

그 날 넌 아침에 출근한다며 나갔다가 돌아오지 않았다. 그 나이가 되도록 넌 한 번도 친구 집에서 자고 들어오거나 다른 데서 외박을 한 적이 없는 아이였다. 그래서 그 날 밤 너의 어머니는 한숨도 잠을 이루지 못했다.

다음 날 서둘러 골목 입구의 싸전으로 달려가 가게 기둥에 매달린 공중전화로 철물점에 전화해 보니, 젊은 여자 말이 너는 전날 출근을 하지 않았다고 했다. 알 수 없는 일이었다. 출근을 하지 않았다니!

초조하게 하루를 더 기다렸다. 그러나 너는 집에 돌아오지 않았다. 다시 지푸라기라도 잡는 심정으로 철물점에 전화했다. 그러나 전화는 먹통이었다. 듣자니 계엄군 공수부대가 한바탕 쓸고 간 이 도시는 이미 전화도 시외버스도 다 끊기고 방송국도 불타 버렸단다.

너의 어머니와 동생은 혹시나 하는 마음으로 주검마다 적혀 있는 기록을 읽으며, 더불어 주검마다 덮여 있는 흰 광목천을 들쳐 보았다. 그런데 설마 했던 네가 병원 구석에 흰 천을 덮고 누워 있을 줄이야!

너의 얼굴은 너의 어머니조차 알아보기 힘들 정도로 퉁퉁 부어 있었고, 손에 차고 있던 손목시계는 물론 아끼느라 못 신다가 처음 신고 나간 새 운동화도 다 벗겨져 버리고 없었다. 입고 있던 옷이 아니었다면 널 알아보지도 못할 정도였다.

넌 가슴과 배꼽 사이에 총을 맞았다. 온몸에 덕지덕지 말라붙어 있던 피, 그 피는 총알이 뚫고 지나간 자리에서 흘러나온 것이었다. 싸우든 일방적으로 얻어터지든 코피만 안 나면 진 게 아니라던 너였다. 그런데 이건 아예 총알이 몸을 뚫어 버린 것이다. 싸움도 어느 정도 대등한 상태에서 해야 이기고 진 걸 따질 수 있을 터인데, 이건 처음부터 그럴 상황이 아니었다. 네 몸은 사냥꾼이 노린 짐승처럼 사정없이 짓이겨져 버린 것이다.

너는 사람의 모습이 아니었다. 아침이면 철물점으로 출근하고 저녁엔 학교로 등교하던 그런 너의 모습이 아니었다. 너는 차바퀴에 깔려 죽은 쥐나, 몽둥이에 맞아 죽은 똥개나, 사냥꾼의 총에 맞아 죽은 뒤 며칠 지나 발견된 노루나 멧돼지처럼 아주 볼썽사나운 모습을 하고 있었다. 사람의 모습이 어찌 그렇게 처참하게 변할 수 있을까 싶도록 너는 갈기갈기 찢긴 짐승의 모습, 바로 그 꼴이었다.

물론 너뿐만이 아니었다, 짐승의 모습으로 죽은 사람은. 사냥의 대상을 전혀 가리지 않은 놈들은 그야말로 미친 광기의 축제를 벌였다. 그 미친 광기의 축제 때 너는 많은 사람과 함께 제물로 바쳐진 짐승이 되고 만 것이다.

그래도 너는 죽는 그 순간까지도 사람이기를 꿈꾸고 있었을 것이다. 짐승과는 다른, 사람이기를.

사람답게 사는 꿈을 가진 너였기에 밥숟가락 빼자마자 곯아 떨어질 정도로 힘들면서도 날마다 일기를 썼을 것이다. 일기는 힘든 너 자신을 스스로 다독이고, 꿈을 갖고 살고자 몸부림치는 자신의 의지를 더욱 불태우게 해 주었다.

그런데 놈들은, 아니 미친 개들은 너의 꿈을 모두 짓이겨 버렸다. 문제는 너의 꿈은 너만의 것으로 그치지 않는다는 것이었다. 너는 곧 너의 어머니가 꿀 수 있는 꿈의 최대치이기도 했다.

세상 돌아가는 판 속

월산댁은 철물점을 나왔다. 기다려도 영균이 빨리 나타나지 않아서였다. 영균에 대해 철물점 여자가 뭐라고 떠들어댔지만 그다지 도움되는 말은 없었다. 철물점 여자는 도통 아무것도 알지 못하고 있었으니까.

월산댁은 터벅터벅 발걸음을 옮겼다.

"도대체 젊은것이 살만 피둥피둥 쪄갖고, 세상 돌아가는 판속은 하나도 모르는구만잉. 지 몸뚱이 값도 못 허고 있어, 쯧쯧."

어쩌자고 세상이 이렇게 돌아가는지 몰랐다. 효자도 그런 효자가 없다 할 정도였던 아들이 에미를 만나러 올 수도 없을 만큼 세상은 뒤집어진 것 같았다. 그런데도 철물점 여자는 세상이 어떻게 돌아가는지 까맣게 모르고 영균이 어디서 어떻게 죽었는지만 되풀이해서 확인하려 들었다.

"영균이가 죽었는가, 시방 고것이 고로코롬 궁금헌 모양이제. 우리 아들은 절대로 죽지 않었제! 그란께 여그로 온다고 함시롱 나보고 기다리라고 혔제!"

월산댁은 아들이 죽지 않었다고 우겼으나, 아니 에미가 철물점에 와 있으면 영균이 이리로 온다고 했다고 몇 번이나 말했으나 철물점 여자는 뭐가 뭔지 모르겠다는 표정이었던 것이다.

"허기사 기름기 번들거리는 것 본께 살기 편헌 여편네네. 그런 사람이 시상 돌아가는 것 알어야 헐 일이 뭐 있겄냐. 다 넘의 일이제. 살기 폭폭헌 인간들이나 시상 돌아가는 꼴 따라 지 신세 오르락내리락헌께 쓰잘데기없는 일에까지 모가지 늘이고서 이러쿵저러쿵허는 것이제."

월산댁은 철물점이 있는 골목 입구의 쌍 전봇대 아래에 풀썩 주저앉았다. 신경을 써서 그런지 갑자기 머리가 깨지게 아프고, 다리에 힘이 쫙 빠지는 느낌이 들었다.

"올 시간이 거작 다 되았는디……."

월산댁은 멍하니 앉아 한참을 거기서 기다렸다. 그러나 애타게 기다려도 영균은 나타나지 않았다.

"야가 으째서 요렇게 늦는댜? 틀림없이 지가 댕기던 철물점으로 들른다고 혔는디……."

월산댁이 앉아 있는 길 앞으로 조무래기 아이들이 우르르 뛰어갔다.

"야! 같이 가."

"빨리 따라오면 되잖아!"

조무래기들은 서로 뒤처지지 않으려고 할딱대며 뛰었다.

월산댁은 우두커니 아이들을 바라보다가 이내 무릎을 짚고 애써 일어났다. 갑자기 아들 형제 어렸을 때 모습이 떠올라 눈물이 핑 돌았던 것이다.

영균이와 영훈이 형제는 자신이 남편과 함께 손수레 장사를 하고 있는 곳을 곧잘 다녀갔다. 지금 저 녀석들처럼 서로 앞서거니 뒤서거니 하면서. 영균은 동생을 잘 데리고 놀았다. 여느 집과 달리 엄마 아빠 모두 먹고사는 일에 매달려 허덕대느라 엄마가 집에 들어앉아 자신들을 돌봐 줄 처지가 아닌 걸 잘 알고 있어서였다. 그래서 남편은 늘 영균이를 기특하게 여겼다.

"허! 영균이 저 쬐끄만 녀석이 어른 한 몫을 헌단 말이시. 어른 한 몫을 혀. 저 녀석이 시방 에미 애비헌티 큰 부조 허는 셈이제. 그 덕분에 에미 애비가 나가서 맘놓고 일헐 수 있거든."

아이 돌보기가 들에 나가 일하는 것보다 힘들다고 했다. 오죽하면 시골 노인네들이 집에서 손자 돌보는 것보다 뙤약볕 아래라도 밭에 나가 김을 매는 게 더 낫다고 했겠는가.

영균은 어린 동생이 밖에 나가 또래들하고 싸우고 들어와도 나름대로 슬기롭게 뒷수습을 했다.

"엉엉. 형아, 가겟집 애하고 싸우는데 걔네 형이 나 때렸어."

"많이 맞았어?"

"응, 많이 맞았어."

"너도 같이 때렸어?"

"못 때렸어. 때려 주려고 했는데 걔네 형이 온 거야."

"코피 났어?"

"아니."

"그러면 괜찮아."

"코피 안 났어도 아프단 말이야."

"코피 안 났으면 진 거 아니니까 괜찮아."

"그런 게 어디 있어, 아아앙."

영균은 늘 이런 식이었다. 자칫하면 동생 싸움이 형 싸움 되고 나아가 부모 싸움까지 될 수도 있는데, 영균은 늘 동생을 다독거리면서 의젓하게 형 노릇을 톡톡히 해냈다.

월산댁은 옛날 생각에 빠져 있느라 전봇대를 짚고 한참을 서 있다가 정신을 차렸다.

"시방 이라고 여그 있을 것이 아녀. 야가 뭔 일이 생긴 것이 여. 그새 뭔 일이 생겨서 못 오고 있는 것이단께."

월산댁은 종점 쪽에서 나오는 버스를 향해 달려갔다. 월산댁은 다시 버스를 탔다.

"가만있자, 영균이헌티 무턱대고 갈 것이 아니라 집에 들러서 영균이 갈아입을 바지나 좀 갖고 가야 쓰겄다. 늘 입고 댕기던 바지가 없어서 못 나왔는지도 모르자니여. 갸가 원래 옷타령 같은 건 눈곱맨치도 안 허던 아그였지만 말이여."

집으로 다시 돌아간 월산댁은 영균의 방으로 들어가서 영균이 즐겨 입던 옷을 찾기 시작했다.

옷은 사람이다

너는 옷을 맘껏 사 입을 형편도 아니었지만, 옷 같은 건 그냥 몸뚱이만 감싸고 다닐 정도만 되면 그만이라고 생각했다.

너는 중고등학교 땐 교복말고는 입을 만한 사복 한 벌이 없었다. 집에선 낡아빠진 트레이닝복 한 벌로 사시사철을 보냈고, 우유 배달을 할 땐 교련복을 입고 다녔다. 자전거 안장에 바지 엉덩이가 닳고 닳아 안감을 대고 몇 번이나 누볐는지 모르지만, 달리 입을 만한 옷도 없어서 너는 늘 교련복 바지 차림이었다.

"오메, 우리 아들 이 바지 잠 봐. 흥부네 자식들 입던 거나 매한가지네그랴. 살림이 웬만하믄 니 바지라도 하나 성헌 것 사서 입혀야 헐 것인디……."

너의 어머니는 닳아빠진 네 바지를 볼 때마다 안타까움에 속이 상했다. 그러나 너는 애써 웃으며 태연했다.

"어머니, 새 바지 입어 봐야 자전거 타다 보면 어차피 며칠 안 가서 다 터져요. 차라리 여러 번 누벼 입는 게 더 좋아요. 질기고 푹신해서 좋아요!"

너는 끝내 단벌 신사, 아니 단벌 학생이고 단벌 배달원이었다. 밑이 터지면 헝겊 대서 누비고, 또 터지면 또 누벼 입었다.

교복은 닳아서 못 입는 게 아니라 폭이 좁아지고 길이가 짧아져서 입기가 힘들었다. 윗도리는 어떻게 하든 몸통에 끼워 입고, 바지는 아랫단을 터 밖으로 내서 최대한 늘여 입었다. 너는 그렇게 고등학교 3년을 버텼다.

그나마 대학에 들어가고 철물점에 취직하자 할 수 없이 바지를 샀다. 보통 바지 하나와 흔히 '해작'이라고 부르는 해군 작업복 바지 하나였다.

해작은 해군 작업복을 파랗게 물들인 것이었다. 해군 작업복은 군인들이 입는 옷이라서 무척 질겼고, 바느질도 단단히 되어 있는데다 때도 잘 타지 않았다. 값도 그리 비싸지 않아서 젊은 이들은 그 옷을 무척 즐겨 입었다.

너도 그 옷을 일상복으로 입었다. 학교에 갈 때는 물론 철물점에 왔다갔다할 때도 입었다. 그러나 일터에선 벗어 놓고 그것 대신 철물점 주인이 입던 걸 얻어서 작업복으로 입었다.

"영균이, 내 입던 바진데, 몸에 맞을 것 같으면 이걸로 갈아입지. 이따 학교 가려면 해작 바지 아껴야 하잖아."

철물점 주인은 종업원의 작업복 바지까지 챙겨 줄 정도로 마음이 넉넉한 사람이었다.

"고맙습니다. 히히, 제가 단벌 신사라서 일할 때나 놀 때나 해작 바지 하나로 때워야 할 판이었는데, 사장님 덕분에 해작 바지는 아껴 가며 입을 수 있겠습니다."

"젊을 땐 아무거나 입고 다녀도 흉 안 되니까 좋아. 해작 바지 하나면 만사 통과지 뭐. 하지만 자네 같은 사람만 있으면 옷장수는 다 굶어 죽겠어."

맞는 말이었다. 철물점 주인 말마따나 너 같은 사람만 있다면 옷장수는 아마 밥 먹고 살기가 힘들 것이다.

옷이 날개라고 흔히 말하지만 옷은 날개 정도가 아니라 그 사람이다. 그 사람의 생각이나 마음가짐이 어쩌면 옷으로 나타날 것이다. 철물점 주인은 더는 누빌 수 없이 누벼 입은 너의 교련복 바지를 보았을 것이다. 그래서 바지 하나도 아껴 입을 만큼 검소한 모습이 몸에 밴 것을 보고 종업원으로 고용하고, 입학금까지 미리 빌려 주었는지 모른다. 너는 너의 옷을 통하여 너를 보여준 셈이다. 아니, 너의 옷을 보면 너를 알 수 있었다.

공원묘지행

 월산댁은 영균이 입던 해작 바지를 보자기에 싸들고 다시 집을 나섰다.

 어쩐 일인지 영균은 죽던 날 공교롭게도 해작을 입고 나가지 않았다. 영균은 여간해선 입던 옷이 떨어지기 전에 다른 옷으로 갈아입는 성질이 아니었다. 그런데 웬일인지 그 날엔 해작과 같이 산 다른 바지를 입고 나갔다. 물론 그 바지들은 도떼기시장에서 좌판에 잔뜩 쌓아 놓고 '떨이요! 떨이!' 하면서 싸구려로 파는 옷이었다. 영균은 그런 옷도 자주 사 입을 형편이 아니었는데 대학에 들어가고 철물점에 취직하자 바지를 한꺼번에 두 벌이나 샀다.

 월산댁은 영균의 바지를 싼 옷보자기를 가슴에 품듯이 껴안고 걸었다. 이미 마음속으론 갈 곳을 정하고 있었다. 아까 철물점에서 오래 머뭇거리지 않고 금방 나온 건 어미의 직감으로 영균이 그 곳으로 올 것 같지가 않아서였다.

월산댁은 공원묘지행 버스를 탔다. 영균의 무덤이 있는 곳이었다. 물론 그 버스는 엄격히 말해 공원묘지까지 가지 않는다. 하기 좋은 말로 '공원묘지행'이지 사실은 '공원묘지 입구'라는 이름이 붙은 정류장에서부터 묘지까지는 족히 십 리가 넘었다. 월산댁처럼 몸이 성치 않은 아낙네의 걸음으로는 한 시간도 넘게 걸리는 거리다. 그런데도 그 버스는 당당히 '공원묘지행'이라고 써 붙이고 다녔다. 버스회사 쪽에서 보면 공원묘지 가장 가까이까지 가는 차이므로 그렇게 써 붙이고 다녀도 크게 어긋나지는 않는 일이라고 생각하는지도 몰랐다.

버스가 정류장에 닿자 월산댁은 차에서 내린 뒤 터벅터벅 길을 걷기 시작했다. 간간이 자가용 승용차가 지나갔다. 그 때마다 먼지가 부옇게 일었다. 월산댁은 행여라도 그 먼지가 영균의 옷보자기에 묻을까 봐 옷보자기를 더욱 꼭 꺼안았다.

"젊은것들이 염병하고 댕기네, 먼지가 폴폴 날리는구만. 장딴지에 핏기 돌 때 씽씽하게 걸어댕길 일이제 자가용은 무슨 자가용이다냐!"

월산댁은 자신도 모르게 이젠 '젊은것'이란 말이 입에 붙어 버렸다. 철물점 '젊은것'은 세상 돌아가는 판 속을 도통 모르고,

공원묘지 길을 자가용 타고 다니는 '젊은것'들은 먼지나 폴폴 날리면서 염병하고 다니는 것이었다.

한참을 걸어 나지막한 고개 하나를 넘자 공원묘지의 무덤들이 한눈에 들어왔다. 오늘도 장례가 있는지 산 아래엔 장의차 한 대가 서 있었다. 산 중턱쯤 해선 검은 양복을 입은 사람 몇이 서성이고 있었고, 작업복을 입은 산역꾼들의 모습도 보였다. 월산댁은 무덤 일을 하는 산역꾼들을 보자 괜히 부아가 치밀어올랐다.

"저것들은 만날 쌩사람 묻는 걸 밥 먹듯이 허는 것들이여. 젊은것들이 헐 짓이 없어서 해필 쌩사람 묻는 일을 헌다, 쌩사람 묻는 일을 혀!"

월산댁은 괜히 또 '젊은것'들을 들먹였다. 하지만 산역꾼들 가운데엔 젊은 사람보단 늙은 사람이 더 많았다. 젊은 사람이 뭐 할 일이 없어서 허구한 날 남의 송장이나 파묻는 일을 하겠는가? 그런 거야 어찌 되었든, 월산댁의 생각으론 그 사람들은 무조건 '젊은것'들이었고, 또 그 '젊은것'들은 괜히 생사람 묻는 일을 하는 이들이었다. 월산댁은 저 사람들이 없으면 무덤도 생기지 않을 것이란 생각까지 하는 것이다.

월산댁은 마침내 장의차를 지나 영균의 무덤이 있는 곳으로 갔다. 장방형으로 다듬어진 무덤들이 줄지어 늘어놓은 벽돌처럼 보였다.

별도 잘 들 것 같지 않은 이 구석 골짝에까지 무덤을 만들어야 할 정도라면 난리통에 죽은 사람들말고도 이 도시에서 날마다 죽는 사람이 많기는 많은 모양이었다. 무덤이 아예 계단처럼 층층으로 되어 있지 않은가. 하기야 사람은 모두 죽기 위해 사는 것이니 느는 것은 무덤밖에 더 있겠는가.

영균의 무덤은 엊그제 다녀온 그대로였다. 봉분의 흙이 채 굳지 않아 부석부석했고, 떼도 듬성듬성 자리가 나 있었다. 마치 기계충 먹은 60년대 시골 아이들 머리통처럼. 단지 처음 월산댁이 엎드려 있던 자리만 조금 다져진 느낌이었다.

"영균이 이놈아, 에미 왔다. 퍼뜩 일어나거라잉. 젊은것이 뭣이 으쨌다고 벌써부터 자리 잡고 드러누워 있냐? 어서 일어나, 이놈아. 에미가 왔단 말이다!"

월산댁은 아들 또한 '젊은것'인데 왜 벌써 이런 데에 드러누워 있는지 알 수 없었다. 머리가 띵하고 다리가 쑤셨다. 월산댁은 무덤 앞의 반반한 곳에 털썩 주저앉았다.

"영균아, 니 바지 가져왔다. 철물점에서 기다리다 생각해 본께, 아무리 혀도 니가 입고 나올 바지가 마땅찮아서 밖에 못 나

69

오는 것 같더라. 그래서 에미가 니 좋아하는 바지로 챙겨서 갖고 왔다. 인자 이 바지 입고 마음대로 바깥 출입허거라잉."

월산댁은 보자기를 풀어 바지를 꺼내 영균의 무덤 위에 펼쳤다. 아직 물기가 덜 빠진 빨래를 넌 듯한 꼴이 되었다.

"아이고, 내 새끼. 이 바지 입으믄 인물이 훤했제. 다른 아그들이 입으믄 멀대 같아도 니가 입으믄 듬직혔제. 옷이 날개가 아니라 인물이 먼저제, 암은. 인물이 훤해불면 옷이야 걸레를 걸쳐도 쌔이제. 쌔이고말고."

월산댁은 보일 듯 말 듯한 엷은 미소를 살랑거리는 바람결에 흘려 보낸 뒤, 무덤에서 물러나 온 길을 되짚어 걷기 시작했다.

꽃샘추위

너는 참으로 다정다감했다. 친구들에게는 물론 가족들에게도 화를 내는 법이 없었다. 동생 영훈에게도 살뜰하게 대했지만 특히나 어머니 월산댁에겐 이 세상에 둘도 없이 정 많고 이해심 많은 아들이었다.

그래서 월산댁은 늘 너와 마주 앉아 이런 저런 얘기들을 나눴다. 아버지가 살아 있을 때도 그랬지만, 아버지가 세상을 뜬 뒤에 넌 더욱더 어머니를 위했다. 어린 나이로 우유 배달을 하면서 학교에 다니는 건 고단하기 짝이 없는 일이었지만, 넌 한 번도 투정을 부리거나 짜증을 낸 적이 없었다. 오히려 안쓰러워하는 어머니를 다독거리며 애써 웃음을 잃지 않으려고 노력했다.

"으짜까, 우리 아들 짠혀서. 소도 언덕이 있어야 비비는디, 니는 어디 누구 한 사람 기댈 디 없이 모든 일을 혼자서 다 알아서 해야 헌께 얼마나 폭폭하끄나. 학교 댕기기만도 심들 틴디 어린 나이에 가족까정 먹여 살려야 허니, 니만 생각허면 내 가심이 다 찢어진다."

"어머니, 너무 걱정 마세요. 젊어 고생은 사서도 한다잖아요. 나중에 편히 살 날 있을 거예요."

너는 너무 일찍 집안의 가장이 되어 버렸다. 그렇기에 자신의 문제는 물론 동생 일, 어머니 일까지 스스로 판단해서 처리해야 했다. 그럴 때도 일을 처리할 때는 건성건성 하는 법 없이 동생이나 어머니가 만족해하고 오히려 미안해할 정도로 속뜻을 알아 처리해 주었다. 가난한 살림살이에 뭐 엄청나게 큰 일을 처리해야 하는 건 아니었다지만, 너의 처지에선 제법 힘겨운 일도 많았을 것이다.

너는 생활이 어려운 탓에 어떤 일로 마음이 흔들릴 때면 더욱 빠르게 자전거 발판을 밟았다. 그래서 마음 아픈 일이라도 있으면 우유 배달이 끝난 뒤에도 빈 자전거를 몰고 거리를 한바탕 씽씽 달리고 나서야 집에 들어왔다. 그러고 나면 역시 씩 웃는 것이었다.

"어유, 개운하다! 몸이 좀 풀리는구나!"

너는 그런 아이였다. 네가 고민하는 것을 보고 행여나 식구들이나 주위 사람들이 같이 걱정할까 봐 일부러라도 웃고 떨쳐 버리기 위해 무진 애를 쓴 아이였다. 그래서 너의 어머니는 너를 더욱 든든하게 여기고 큰 일이든 작은 일이든 너와 의논하고 결국은 뭐든지 너의 의견을 좇았다.

하지만 너라고 줄곧 즐겁기만 했겠는가? 한창 감수성이 예민한 나이에 다른 아이들처럼 맘껏 놀지도 못하고, 공부만 할 수도 없는 자신의 처지가 속으론 마땅치 않았을 것이다.

특히 우유 배달 가는 집에서 우유가 제대로 안 들어왔느니 어쨌느니 하면서 함부로 굴 때는 정말 속이 상했다. 하지만 남이 우유를 훔쳐가기도 하고 심지어는 같은 울타리 안에 세 들어 사는 사람이나 다른 식구 등 집안 사람이 먼저 갖다 먹는 경우도 많았다. 혹시라도 몇 집을 빼먹었을 경우엔 배달을 마치면 우유가 남게 마련이었다. 배달 나가기 전에 개수를 몇 번이나 확인하며 할당을 받기 때문에, 배달 갈 집의 수와 싣고 나가는 우유 개수는 딱 들어맞는다. 그렇든 어쨌든 항의를 받게 되면 너는 더 이를 악물고 마음을 다잡았다. 그러는 사이에 너는 어느새 애늙은이가 다 되어 버렸다.

춥다.

3월 초인데도 겨울 못지않게 추운 꽃샘추위다. 그러나 날씨보다 마음이 더 추운 날이다. 요 며칠째 우유를 못 받았다고 우유값을 주지 않는 집이 있었다. 분명코 나는 한 번도 그 집 배달을 빼먹지 않았다. 그리고 그렇게 여러 날 빠졌다면 내 스스로도 안다. 우유 개수가 맞지 않기 때문이다. 그런데 요새는 그런 일 절대로 없었다. 그러나 결국 주인 아주머니 말대로 빠진 개수만큼 오늘 다시 갖다 주었다. 소장한테 정신머리 없다고 잔소리 실컷 들었다. 억울하다.

오늘은 우유 훔쳐가는 이가 있나 싶어 그 집엘 마지막으로 배달 가서 우유를 대문 안쪽에 들이민 뒤 골목에 숨어 지켜보았다. 날이 밝아 학교 갈 시간이 되자 대문이 열렸다. 까만 교복 치마에 빳빳하게 풀 먹인 하얀 칼라가 잘 어울리는 여학생이 나왔다. 그 애 손에 우유 한 병이 들려 있었다. 그 애가 내 앞을 지나며 가방에 우유를 넣었다. 내가 조금 전에 배달한 우유였다. 틀림없이 우리 회사 우유였다. 나는 숨이 멎는 줄 알았다.

아주머니는 딸이 우유를 챙기는 줄 알면서도 없어졌다고 했는지 모른다. 아냐, 좋게 생각하자. 딸이 들고 나가는 걸 몰랐다고.

어쨌든 내가 배달한 우유를 마시는 여자애와 나랑은 하늘과 땅만큼이나 다르게 살고 있다. 한편으론 가슴이 뛰고 한편으론 춥다.

출출하다. 물이나 많이 마시고 자자. 오줌 마려워야 일찍 일어날 수 있다.

너는 네가 배달한 우유를 마시는 또래 여자아이를 보았다. 그러나 너는 우유 대신 물을 마시고 자야 한다. 그것도 많이 마셔야 한다. 오줌이 마려우면 어쩔 수 없이 새벽 일찍 잠에서 깨게 되니까.

너는 여자아이를 보고 가슴이 뛰기도 했다. 그러나 애써 자신을 다잡았다. 너는 절대로 감상적인 사람이 되어서는 안 되었기에. 너라고 왜 이성에 대한 감정이 없었겠는가? 너 역시 뛰는 심장을 가진 고등학생 아니었던가?

우유를 마시는 하얀 칼라의 소녀. 그 우유를 배달하는, 누빌대로 누빈 교련복 바지의 소년. 마치 목장집 따님과 양치기 소년의 관계 같았다. 그러나 양치기 소년이라 해도 누구 못지않게 몸 속에 흐르는 피는 뜨겁다. 새벽에 오줌보가 부풀 대로 부풀면 하릴없이 바지 터질까 봐 걱정할 정도로.

아들의 모습

월산댁은 영훈이가 아침을 먹고 학교에 가자 자신도 집을 나설 준비를 했다. 밤새 영균의 목소리가 귓가에서 맴돌았다. 그래서 거의 뜬눈으로 밤을 새운 터였다.

'오늘은 영균이가 나올 수 있을까? 아니 내가 시방 무슨 소리를 하고 있는 거여. 틀림없이 나온다고 그랬는디. 학교에서 시험 보는 날인께 학교에 꼭 가야 한다고 했자니여.'

월산댁은 아들을 만날 기대에 마음이 들떠 설거지도 건성으로 대충대충 하고 집을 나섰다.

'젊은것이 뭔 염병 헌다고 땅 속에 드러누워서 나오지도 않고 맨날 이 에미만 바쁘게 허는지 모르겠네. 으쩌다 시방 내가 요로코롬 지를 만나러 다녀야 헌단가. 집에서 옛날처럼 같이 살믄 오죽 좋아.'

영균의 학교는 시내 한복판을 지나가야 나온다. 남녀 중고등

76

학교와 대학이 한 울타리에 다 있을 정도로 규모가 크고 역사도 제법 오래 된 사립대학이다. 그러나 재단이.학교에 투자를 많이 하지 않아 규모나 역사에 비해 튼실한 학교는 아니다. 그렇다 보니 야간학부는 형편이 더욱 좋지 않았다.

하지만 월산댁은 어찌 되었든 영균이 대학에 다닌다는 사실이 자랑스러웠다. 그래서 어쩌다 시내에 나갔을 때 저 멀리 산 아래에 있는 영균의 학교 건물이 눈에 들어오기라도 할라치면 괜스레 가슴이 뛰고 어깨가 들썩였다.

'내 아들놈이 저 학교에 댕긴단 말이여, 시방. 낮에 돈 벌어갖고 지 힘으로 다니고 있단 말이여!'

월산댁은 아들만 생각하면 가슴이 꽉 차오르며 그저 뿌듯하기만 했다. 하지만 영균의 학교엔 한 번도 가 보지 못했다. 입학식이라야 야간이다 보니까 주간 학생들 입학식 할 때 곁다리 붙어 하는 둥 마는 둥 하는데다, 영균이 자신도 직장 때문에 입학식에 참석하지 못한 실정이었다. 그러니 월산댁이 언제 학교에 가 볼 일이 있었겠는가.

'으찌께 하든지 졸업장만 타거라잉. 학교야 누가 떠메 가는 것 아닌께 졸업식 때 가 보면 될 것 아니냐.'

월산댁은 까만 두루마기 비슷한 옷을 입고 머리엔 사각모를 쓴 아들의 모습을 그려 보았다. 자신의 아들이 몇 년 뒤엔 당당히 그런 모습을 보여줄 걸 생각하면 괜히 우쭐해졌다.

그런데 그런 아들 녀석이 요 며칠째 집에 들어오지 않고 산에 가서 누워 있다니. 아무리 생각해도 도저히 이해가 되지 않는 일이었다.

월산댁이 탄 차가 마침내 시내 한복판의 정류장에 섰다. 도청을 비롯해 은행이며 신문사며 회사 건물들이 줄지어 서 있는 곳이었다. 막 출근 시간이어서인지 넥타이 차림의 남자들과 정장 치마 차림의 여자들이 줄지어 버스에서 내렸다.

'우리 영균이도 학교만 졸업하믄 저렇게 넥타이 매고 번듯한 직장에 댕길 수 있을 것이고만.'

도심을 지난 버스는 버스정류장을 네댓 군데 더 지났다. 그때마다 중고등학생 차림의 아이들이 버스에 올라탔다.

'영균이 댕기는 대학교랑 같이 붙어 있는 학교에 댕기는 학생들인갑다. 저 아그들 내릴 때 같이 내리믄 되겠구만.'

마침내 버스가 영균의 학교 앞에 섰다. 제법 많은 학생들이 내렸다. 월산댁도 같이 따라 내렸다. 여기가 무슨 무슨 대학교 앞이냐고 물을 필요도 없었다.

월산댁은 자연스레 학생들 틈에 끼어 교문을 지나갔다. 아무

도 월산댁을 쳐다보지 않았다. 쳐다보았다 해도 아마 학교에서
허드렛일을 하는 아주머니 정도로 여겼을 것이다.

밥벌이를 위하여

　너는 어려서부터 따로 시간을 내어 공부라는 것을 해 본 일이 없다. 말귀 알아들을 무렵이 되자 바로 동생을 보살펴야 했고, 나중에 좀더 커서는 직접 집안 살림을 돌봐야 할 처지여서 따로 차분히 시간을 내어 공부를 할 수가 없었다. 그런데도 너의 어머니는 네가 공부를 아주 잘한 것으로 기억한다.

　"하! 우리 아들 총기는 어렸을 때부터 알아줬제. 한번 들으믄 잊어먹들 안 혔은께. 누가 갈쳐주도 안 혔는디 학교 들어가기 전에 가갸거겨 다 떼고, 넘의 집 아그들은 인자 겨우 지 이름자나 쓸 때 우리 아들은 벌써 구구단도 다 외운 아그여. 그란께 대학 공부를 허기만 혀놓으믄 나중에 뭣이 되아도 될 것이여."

　너의 어머니는 네가 공부에 관심이 많고 공부를 잘한다고 생각했다. 어렸을 때 너는 늘 동생과 함께 부모가 장사하는 데를 찾아갔다. 그리고 어쩌다가 부모 대신 야채값 계산을 한 적이

80

있다. 그 때 어린 네가 제법 더하기와 빼기를 하면서 거스름돈을 제대로 계산한 것이다. 너의 어머니는 너를 아주 기특하게 생각하며 가슴 뿌듯해했다.

"우리 아들이 벌써 계산을 척척 하네그랴. 암은, 산수를 잘헌께 요까짓 야채값 계산이 문제여."

그러나 사실을 말하자면 너는 공부엔 그다지 흥미가 없었다. 단지 부모의 배움이 워낙 짧아 사는 게 힘들다고 여긴지라, 사람은 배움이 있어야 세상살이에 어려움이 적을 것이라는 생각을 하고 있을 뿐이었다. 그래서 자신은 한 자라도 더 배워 보고자 대학에 들어간 것이다. 하지만 자신의 성격이나 능력이 대학 공부에 썩 어울린다고 생각하진 않았다. 그건 어려서부터 공부하는 것에 대한 훈련이 되어 있지 않아서 그런지도 몰랐다.

너는 미분 적분을 몰라도 사는 데 아무런 지장이 없다는 걸 알았다. 그러나 배워야 한다는 자세는 중요하게 생각했다. 세상이 하루가 다르게 빨리 변하기 때문에 배우지 않고선 세상살이에 적응하지 못할 것이라는 생각이었다. 그래서 공부엔 그다지 흥미가 없으면서도 야간으로나마 대학에 다니고자 했다.

너는 실용적인 지식을 배우기를 바랐다. 쉽게 말해 밥벌이에 당장 써먹을 수 있는 지식 말이다. 그건 아마 너의 환경 탓일 것이다. 현장에서 작업하더라도 아는 만큼 능률이 오른다는 걸 이미 몸으로 알고 있는 너였다.

물론 네가 맡은 전기공사 일이 고난도의 기술이 필요할 정도로 어려운 일은 아니었다. 어쩌면 기계적인 일이라고 할 수도 있었다. 웬만큼 손에 익으면 누구든 비슷비슷하게 기계적으로 할 수 있는 일이었다. 그러나 흔히 '기계적'인 일이라는 말을 쓰지만, 기계적인 일조차도 기본적인 지식을 갖추어야 잘할 수 있다. 그러니 당장 하고 있는 일을 위해서라도 웬만큼 배워야 할 필요성을 느꼈던 것이다, 너는.

시험 보는 날

월산댁은 교복을 입고 지나가는 어린 학생 하나를 불러 세웠다.

"학생, 거 뭣이냐, 야간대학이 어디다냐?"

"이부대학요? 이부대학은 어디 있는지 잘 모르겠어요. 저 산아래 건물이 대학교예요. 그리 가보세요."

가서 보니 학생이 가르쳐 준 곳은 대학 본부 건물이었다. 그곳에서 넥타이 차림의 젊은이에게 야간대학, 아니 이부대학 건물을 물었다. 젊은이는 월산댁을 한 번 훑어보더니 이부대학이 어디 있는지 일러주었다. 월산댁은 젊은이가 훑어보는 게 마땅찮았지만 내색을 하진 않았다. 이제 조금 있으면 아들을 만날 수 있을 테니까.

'옷은 매끄롬하게 차려입었음시롱, 젊은것이 버르장머리는 디럽게 없네잉. 뭐 잠 물어보면 보드랍게 갈쳐주면 안 되는 것

83

이여?'

월산댁은 숨을 헐떡이며 단숨에 이부대학으로 달려갔다. 이부대학 건물 앞엔 아름드리 은행나무들이 하늘을 보고 팔을 벌린 채 서 있었다. 한창 물기 오른 이파리가 아침 햇살에 번들거렸다. 월산댁이 건물 현관으로 들어서자 늙수그레한 수위가 다가왔다.

"아줌마, 어디 가세요?"

수위는 늙은 티는 뚜렷했지만 제법 어깨에 힘이 들어 있고, 걷는 자세며 말투도 나름대로 위엄이 서려 있었다.

"나 말이요?"

월산댁은 어이없다는 표정을 지었다.

"그럼 여기 아줌마말고 누가 또 있소?"

"나 시방, 아들 만나러 왔소."

"아들이라고요? 지금 휴교 중이어서 아무도 학교에 나오지 않는데, 뭐 하러 아들을 만나러 학교에 옵니까?"

맞는 말이었다. 난리통 끝나고도 대학은 아직 휴교령이 풀리지 않아서 대학교엔 직원들만 출근하고 있었다. 아까 본부에서 만난 넥타이 차림의 젊은이도 아마 직원이었나 보다.

"으찌 되았든 난 우리 아들하고 여기서 만나기로 약속을 단단

84

히 혔은게, 아잡씨는 쓰잘데기없이 넘의 일에 끼어들지 말고 이 녁 일이나 보쇼잉."

수위가 머쓱한 표정을 지었다.

"그러면 기다려 보세요만, 학생들은 요새 학교에 안 나와요."

수위는 별 관심 없다는 투로 비켜났다.

월산댁은 이곳 저곳을 기웃거려 보았다. 아닌게아니라 학생들은 그 어느 곳에도 보이지 않았다. 월산댁은 출입문이 보이는 쪽 창문의 난간에 걸터앉았다.

'갸가 오늘 시험인께로 학교엔 오긴 온다고 혔는디……. 그란디 내가 너무 일찍 와버린 거 아녀?'

월산댁은 난간에서 일어나 수위한테로 갔다.

"아잡씨, 오늘 학생들 시험 보는 날 맞지라?"

"허참, 그 아줌마도……. 난리통이 끝난 지 얼마 안 돼서 수업도 못 하고 있는데 시험은 무슨 시험을 본다고 그러시오? 학생들이 아직 학교에 못 나온다니까요!"

월산댁은 순간적으로 머리가 띵하며 정신이 아득해졌다. 난리통, 난리통이라는 그 말을 또 들은 것이다. 월산댁은 그 난리통이라는 말이 맘에 걸렸다. 철물점의 '젊은것'도 난리통이라는 말을 썼다. 도대체 뭔 난리가 났단 말인가!

85

어깨동무

너는 세상이 아무리 시끄러워도 자신하고는 아무 상관 없는 일로 여겼다. 대학이라고 들어가기는 했지만 가난한 고학생이었기에 우선 먹고살기에도 바빠 학내 민주화니 민주화의 봄이니 하는 말들이 자신하곤 먼 얘기로 들릴 뿐이었다. 그저 조용히 지내면서 일과 공부를 병행하며 어머니와 동생까지 돌볼 수만 있으면 좋겠다는 생각뿐이었다.

'나도 명색이 대학생인데, 세상을 너무 모른 체해도 괜찮은지 몰라. 아니야, 난 귀 막고 눈 감고 조용히 지내야 돼. 난 다른 대학생들하곤 처지가 달라.'

그러나 그렇다고 해서 세상 돌아가는 일을 아주 모른 체하고서 눈을 감고 지내지는 않았다.

너는 이 땅에 태어나 그럭저럭 스무 해 가까이 살았다. 그 세월 동안 학교에서고 일터에서고 항상 몸조심하며 나름대로 눈

치를 굴리면서 살았다. 네가 산 세월은 무엇보다도 입을 조심하며 살아야 하는 시대였다. 입바른 소리를 하면 쥐도 새도 모르게 잡아간다는 말이 떠도는 세상이었다.

어린 네가 보아도 세상은 손에 힘을 거머쥔 자들이 멋대로 주물럭거리고 있었다. 그러면서 힘을 쥔 자들은 대학생은 물론 어린 중고등학생들까지 길들이려 들었다.

봄이 된 뒤부터 세상은 갈수록 시끄러워지고 있었다. 지난 해에 18년이나 나라를 제멋대로 주물러대던 군인 출신의 독재자 대통령이 자신이 키운 부하의 총에 맞아 죽자 사람들은 자신들이 바라던 새로운 세상이 오는가 싶어 좋아했다.

"이젠 숨 좀 쉬고 살 수 있겠다. 뭔 놈의 세상이 숨도 크게 못 쉬게 앞뒤 뻥 돌려 콱콱 막아 놓았으니, 그게 어디 사람 사는 세상이었나!"

많은 사람들이 독재자 대통령이 국민의 입에 재갈을 물리고 귀를 틀어막고 눈을 감게 한 것에 분개했다. 그렇기에 이제 제대로 된 세상을 기대하며 잔뜩 부풀어 있었다.

그런데 국무총리 하던 이가 임시로 대통령을 하는 틈을 타 또다시 군인들이 뒤에서 뭔가 수작을 꾸미는 모양이었다. 그래서 학생들은 날마다 민주화 일정을 밝히라느니, 학원 문제와 노동자 농민 문제 등에 대해 근본적인 해결책을 내놓으라느니, 구속된 민주 인사를 석방하고, 투쟁 노동자를 탄압하지 말고, 이러한 것 모두를 반민주의 구실로 악용하지 말라는 것 등을 요구하는 시위를 벌였다.

네가 사는 빛고을 광주에서도 서울과 마찬가지로 대학생, 노동자, 지식인들 사이에서 나라 돌아가는 꼴을 걱정하는 시국선언문이 나오고 있었다.

"시방 세상 돌아가는 꼬락서니가 아무래도 수상하단 말이시. 이대로 있다간 영락없이 호랑이 없는 골에 승냥이가 설치는 꼴 나겠어."

"누가 아니래. 이대로 있으면 눈 뻔히 뜨고 앉아서 당할지도 몰라."

아닌게아니라 힘을 거머쥔 정치군인들은 무슨 꿍꿍이속인지 국민들이 요구하는 정치 일정은 밝히지 않고 자꾸만 딴전을 부렸다. 그러기에 학생들은 더욱 강하게 자신들의 의지를 밝혔다.

현 과도정부는 정치 일정을 자세히 밝히고 비상계엄을 즉각 해제하라.

반민족 · 반민주 세력은 자성하고 모든 직책에서 물러나라.

부정으로 재산을 쌓은 걸 내놓아라.

노동 3권을 보장하라.

농민의 권익을 보장하라.

언론의 자유를 보장하라.

억울하게 구속된 모든 사람들을 즉각 석방하고 복권·복직 시켜라.

정부는 우리의 요구에 즉각 응할 것이며 만약 우리의 요구가 관철되지 않을 때에는 투쟁에 적극 참여할 것을 굳게 맹세한다.

너도 학교에서 이런 내용이 담긴 선언문을 몇 차례 보았다. 볼 때마다 학생들의 주장이 너무나 당연한 내용이어서 되레 싱겁다고까지 생각했다. 왜냐하면 나라 살림을 맡겠다는 사람이면 누구든 가장 기본적인 상식으로 생각할 만한 것들이었기 때문이다.

맞다. 상식적인 것들이었다. 그런데 그 상식적인 것들이 통하지 않는 시대이자 사회였다. 그래서 대학생들이 공부를 뒤로 미루고 날마다 토론을 하거나 시위를 할 수밖에 없었다. 너도 그 점은 충분히 알고 있었다.

봄기운이 무르익을 대로 무르익은 5월이 되자 각 대학의 광장과 도청 앞 분수대 광장에서는 학생들과 시민들이 모여 민주화를 재촉하고 요구하는 대회를 열었다. 너는 일터에서 자재를 가지러 철물점에 가던 날 우연히 그런 대회를 본 적이 있다. 마침 그 자리에선 어느 대학생이 시를 낭송하고 있었다. 그 시는 네가 어설프게나마 중고등학교 다닐 때 배우던 것하고는 전혀 다른 시였다. 직설적인 어법에, 그야말로 가슴을 끓게 하는 시였다.

우리들의 불 같은 희망에 칼을 꽂던 자들이

물러가지 않고 아니 송두리째 깃빌을 꺾겠다고 나서는

지금은 봄인가 꽁꽁 얼어붙은 한겨울인가.

이제 다시 누가 있어 우리들의 겨울을 말할 것인가.

우리들의 멍에를 벗길 것인가.

아무도 없다. 아무도 거들러 오지 않는다.

우리들의 아픔을 앓는 건 우리들뿐.

우리들의 가슴을 겨눈 채 언제까지나 물러서지 않는

저 총칼을 치우는 것도 우리들뿐.

교과서 속에서 활자로만 보던 여느 시와는 달리 묘한 힘이 넘치는 시였다. 시를 듣는 사람들은 금세 서로 어깨동무를 하고 한 덩어리가 되었다. 너는 시가 사람들을 한데 묶는 엄청난 힘이 있다는 걸 처음 알았다. 당장이라도 사람들이 모여 있는 데로 뛰어들고 싶었다. 그러나 스스로 그럴 수 없다는 것을 잘 알기에 너는 애써 사람들 무리에서 벗어났다.

바로 그 때 어디선가 국기 하기식을 알리는 애국가가 흘러나왔다. 사람들은 어깨동무를 풀고 모두들 부동자세로 서서 왼가슴에 오른손을 얹었다. 순간 그 많은 사람들이 모여 있는데도 정적이 흘렀다. 오로지 애국가 소리만이 넓은 광장을 채웠다. 평소와 달리 애국가 소리는 장엄했다. 아니, 비장했다.

너는 정적 속에 흐르는 애국가 소리를 듣다 보니 문득 중고등학교 시절이 떠올랐다. 민방위 훈련이다, 교련 수업이다 하면서 어린 학생들조차 오로지 대통령이 내세우는 이른바 유신과업을 완수하기 위한 일에 휘둘림을 당했다. 행여라도 정부나 학교나 사회에 대해, 심지어는 교사에 대해서도 불만 어린 소리를 입 밖에 내면 큰일이 났다. 그랬다간 교련 교사나 체육 교사한테 끌려가 '빨갱이들 좋은 일 시키는 놈'이라는 억지소리를 들으며 뼈도 못 추리게 맞아야 했다.

그런 짓들 모두 이제 보니 다 바뀌어야 할 일이었다. 이 많은 사람들이 여기 왜 모여 있는지 이제 뚜렷이 알 수 있을 것 같았다. 이들은 '대한민국'을 사랑하는 사람들이었다. 높은 자리에서 힘을 휘두르는 이들은 걸핏하면 '대한민국'의 안보를 들먹이며 이런 국민을 빨갱이로 몰거나, 빨갱이의 조종을 받는다고 멋대로 씨부렁거렸다. 그러나 너는 그렇지 않다는 걸 안다. 똑똑히 안다. 모두들 태극기만 보아도, 애국가만 들어도 비장하리만치 엄숙해졌다. 너도 그랬다. 남들과 마찬가지로 너 역시 대한민국을 사랑하기에.

"아! 세상이 달라지긴 달라져야 돼."

너는 어렴풋이나마 세상의 물줄기가 달라질 것 같다는 느낌을 받았다. 그래서 자신도 다른 사람과 한 덩어리가 되고 싶은 충동이 일었다. 그러나 너는 그럴 수 없었다.

너는 가계를 책임지고 있는 야간대학의 고학생 처지라서 다른 대학생들처럼 시위에 참여할 수가 없었다. 그저 학생들이 요구하는 대로 되기만 하면 좋겠구나 하는 바람을 가슴속에 품는 정도로 만족해야 했다.

세상의 커다란 물줄기가 바뀌는 일도 중요하지만 네 앞에 당장 닥친 일은 6월 초로 잡힌 신입생 '병영집체훈련'이었다. 무려 열흘씩이나 머리 깎고 군대훈련소에 들어가 군사훈련을 받는다는데, 학생들한테 그런 것을 시키는 게 이해되지 않았다.

그러나 이해가 되지 않는 것은 그만두고라도 당장 철물점을 열흘 동안이나 나가지 못하는 게 걱정이었다. 한창 일손이 달리는데 들어간 지 얼마 되지도 않은 사람이 열흘이나 결근하겠다면 사장이 결코 좋아하지 않을 것이기 때문이다. 더군다나 너는 입학금을 미리 빌려 쓴 처지라서 다른 누구보다도 열심히 일을 해야 할 처지였다.

그런데 마침 대학생들은 그 '병영집체훈련'이 학원을 병영화하려는 목적으로 만들어진 것이라며 거부하는 운동을 벌이기 시작했다. 너는 속으로 이 일을 무척 다행으로 여기고 있었다.

고단한 하루 일을 끝내고 야간 강의를 듣기 위해 가로등 밝힌 교정을 걸어 강의실로 올라가던 너. 대학 생활에 대단한 기대가 있는 건 아니지만 그래도 밤이면 이렇게 공부할 수 있다는 사실이 꿈만 같았던 너. 그러나 세상이 시끄러워지면서 학교에서는 수업이 제대로 이루어지지 않았다. 그래서 어느 날인가부터는 굳이 학교에 나가지 않아도 되었다. 너는 학교 갈 시간을 더욱 일에 매달리는 기회로 삼았다.

너는 그랬다. 누가 뭐라 하든, 세상이 어떻게 돌아가든 당장은 하루 세 끼 밥 먹고 학비 버는 일이 더 중요했다.

그렇기에 너는 하루하루 먹고살기에만도 바빠 민주화 일정

촉구 집회에 나간 적도 없고 시국 토론회 같은 데에 기웃거린 적도 없었다. 하지만 그렇다고 해서 난리통을 피할 수는 없었다. 난리통은 아무에게나 차별 없이, 또 예고 없이 닥치는 것이기에 말 그대로 난리통 아닌가.

대통령 말씀

지난 해에, 대통령이 가까운 부하의 총에 맞아 죽었다는 소식을 들었을 때 월산댁의 가슴은 철렁 내려앉았다.

"오메! 이것이 시방 뭔 소리다냐? 큰일 났네, 큰일 났어! 대통령이 죽어부렀으믄 인자 우리나라 망허는 것 아녀?"

그러나 아직 고등학생이었던 영균은 묘한 흥분이 일었다. 이제야말로 맘놓고 자기 할 말 하고 살아도 될 것 같았다. 그 동안무슨 말을 할 때마다 혹시라도 누가 이 말을 나쁘게 듣고 파출소에 일러바치면 어쩌나 하고, 얼마나 주눅들어 살았던가. 이제는 무슨 말을 하든 주변에 누가 엿듣는 사람 없나 하고 불안해하지 않아도 될 것 같았다.

"어머니, 대통령이 죽었다고 나라가 망하기야 하겠어요. 다른 사람이 또 대통령 하면 되지."

"아녀, 니가 아적 어려서 모른께 허는 소리여. 나라엔 뭐니뭐

니혀도 대통령이 짱짱허게 있어야 돼야. 나라의 가장 큰 어른 아니것냐. 우리 집도 느그 아버지 세상 뜨고서부터 얼매나 살기 힘드냐? 나라도 집안하고 같은 짝이제."

"걱정 마세요, 어머니. 국무총리가 대통령으로 올라간다잖아요. 그러니까 나라에 어른이 없는 게 아니라고요."

영균은 대통령이 나라의 어른이다 뭐다 하는 것보다는 혹시라도 전쟁이 날까 봐 그게 걱정이었다. 학교에서 교사들한테 들은 바로는 북한이 이런 때 남침을 할 수도 있다는 거였다. 지금 진쟁이 나면 예전의 6·25 때와는 달리 속전속결이 될 거라서 전후방이 따로 없다는 거였다. 그러나 그것도 자신이 해야 할 걱정은 아니었다. 어른들이 어련히 알아서 하겠는가 하는 생각이 들었다. 그리고 당장 북한이 쳐들어오지도 않았다.

영균의 학교 친구들은 대통령이 죽자 뒷공론들을 하느라 쉬는 시간마다 입들이 바빴다.

"내 참, 대통령이 뭐 그래? 하필 여자들 끼고 술 마시다 죽냐? 에잇, 쪽팔려. 전방 시찰하다 헬기가 떨어져 죽은 것도 아니고, 전쟁이 터져 앞장서서 싸우다 죽은 것도 아니고, 나랏일이 너무 많아서 밤낮없이 업무 처리하다 과로로 죽은 것도 아니고, 그게 뭐야? 진짜 쪽팔린다."

"그래도 군인 출신답게, 총 맞아 죽어가면서도 한 말씀이 '나는 괜찮아'였대."

"진짜 군인 같으면 싸움터에서 죽어야지, 기껏 술 마시다 자기를 모시는 부하가 쏜 총이나 맞고 죽으면서 '나는 괜찮아' 그래? 영웅 났네, 영웅 났어. 아예 이순신 장군처럼 '내 죽음을 알리지 마라'고 그러지, 왜 안 그랬다냐."

"근데 대통령은 할아버지 다 되어가지고도 배우고 가수고 맘에 드는 여자 있으면 불러다가 같이 술 마시고 데리고 놀아도 되는 거야? 우리 같은 젊은 청춘들은 여학생하고 어울려 극장에도 못 가게 하면서?"

"히! 그런다고 네가 여학생하고 극장 안 갔냐? 몰래 할 건 다 했으면서 뭘 그래."

"그래도 난 학생 신분에 벗어난 일 한 적은 없어. 근데 대통령은 그 신분에 벗어난 짓 했잖아."

"그런 것 따지는 놈 있을까 봐 위대하신 대한민국 대통령 각하께선 미리 '배꼽 아래엔 인격이 없다'고 말씀하셨대. 하여튼 요 말도 대통령 말씀이었다니까 그런 것 가지고 왈가왈부하지 말도록!"

"그만들 하자. 그러니까 옛말 그른 것 하나도 없어. 윗물이 맑아야 아랫물이 맑다잖냐. 대통령이 그 모양이니 너희들이 이 모양 아닌가 싶어."

"야 인마, 우리가 어때서?"

"허구한 날 공부는 안 하고 딴생각들만 하잖아. 어떻게 길 건너 여상 애들이나 꼬드겨 볼까 하고 말이야."

"어차피 야간 공고생이 공부를 하면 얼마나 하겠냐? 석사 박사가 되겠냐, 고시에 붙어 판검사를 하겠냐? 그럴 것도 아닌 바에야 여상 다니는 애 하나 꼬드길 재주만 닦아도 그게 진짜 큰 공부 한 거지."

아이들은 뭐니뭐니해도 근엄하기 짝이 없던 대통령에 대해 『선데이 서울』 수준으로 이야기할 수 있다는 게 통쾌하기 그지 없었다.

영균 역시 아이들 얘기에 많이 공감했다. 대통령에 대해선 실망 그 자체였다. 그 동안 저 정도밖에 안 되는 사람 때문에 걸핏하면 나라에 충성 어쩌고저쩌고하는 교사들한테 시달리고, 길거리에서조차 이런 눈치 저런 눈치 봐 가며 입도 벙긋하지 못하고 살았나 싶었다.

그러나 월산댁은 그저 나라의 어른이 없어졌으니 큰일이 날까 봐 그게 걱정이었다. 월산댁의 그 걱정은 엉뚱한 쪽에서 현

실로 드러났다. 호랑이 없는 골에 승냥이들이 설치기 시작한 것
이다.

난리통

너는 지난 해에 대통령이 죽고 난 뒤, 이 봄에 정치 군인들이 일으킨 난리통 때문에 죽었다. 보통 때 같으면 죽지 않아도 되었고 죽어야 할 이유가 전혀 없는데도, 그 난리통 때문에 죽고 만 것이다. 그렇다면 그 난리통은 과연 무엇인가? 그 난리통은 '계엄포고령 제10호'로부터 시작되었다.

계엄포고령 제10호

1. 1979년 10월 27일에 선포한 비상계엄이 계엄법 규정에 의하여 1980년 5월 17일 24시를 기하여 그 시행지역을 대한민국 전지역으로 변경함에 따라 현재 발효중인 포고를 다음과 같이 변경한다.

2. 국가의 안전보장과 공공의 안녕질서를 유지하기 위하여

가. 모든 정치활동을 중지하며 정치 목적의 옥내외 집회 및 시위

를 일절 금한다. 정치활동 목적이 아닌 옥내외 집회는 신고를
하여야 한다. 단, 관혼상제와 의례적인 비정치적 순수 종교
행사의 경우는 예외로 하되 정치적 발언은 일절 불허한다.

나. 언론, 출판, 보도 및 방송은 사전 검열을 받아야 한다.

다. 각 대학(전문대학 포함)은 당분간 휴교 조처한다.

라. 정당한 이유 없는 직장 이탈이나 태업 및 파업 행위를 일절
금한다.

마. 유언비어의 날조 및 유포를 금한다. 유언비어가 아닐지라도

1) 전현직 국가원수를 모독, 비방하는 행위

2) 북괴와 동일한 주장 및 용어를 사용, 선동하는 행위

3) 공공집회에서 목적 이외의 선동적 발언 및 질서를 문란 시키
는 행위를 일절 불허한다.

바. 국민의 일상생활과 정상적 경제활동의 자유는 보장한다.

사. 외국인의 출입국과 국내여행 등 활동의 자유는 최대한 보장
한다.

본 포고를 위반한 자는 영장 없이 체포, 구금, 수색하며 엄중 처
단한다.

1980. 5. 17

군에서 가장 높은 계급이라는 별 네 개짜리 대장 이름으로 발표된 '계엄포고령 제10호'는 나라의 힘을 손에 거머쥔 일부 정치군인들이 자신들의 속셈을 뻔뻔스레 드러내며 자신들의 밑자리를 단단히 다지겠다는 것이었다.

기왕에 내려져 있던 계엄령을 제주도를 포함한 전국으로 확대한 것은, 드러내놓고 자기네들 맘대로 나랏일을 쥐락펴락하겠다는 뜻이었다.

정치군인들은 대학생, 노동자, 지식인들의 지극히 상식적인 요구를 받아들이기는커녕, 나라가 위태로우니 어쩌니 하며 세상이 시끄러운 걸 거꾸로 빌미 잡아 자신들의 욕심을 채우는 계기로 삼고 말았다.

'계엄포고령 제10호'는 이러저러한 것은 안 된다 해 놓고, 위반한 자는 엄중 처단한다는 말로 끝을 맺고 있었다. 그렇다면 너는 도대체 이 포고령의 어디에 해당되어 '엄중 처단'되었을까?

아무리 포고령을 뜯어보아도 네가 해당될 만한 조항은 없었다. 너는 정치활동을 하기는커녕 중고등학교 반장 선거에도 나간 적이 없고, 너는 옥내외 집회나 시위를 하기는커녕 입학식조차 가지 않았고, 직장을 이탈하기는커녕 혹시라도 직장에 나오지 말라고 할까 봐 더욱 열심히 일에 매달렸고, 전현직 국가원수를 모독 비방하는 행위를 하기는커녕 우리나라의 대통령이라면 태어나서 지금까지 군인 출신인 박아무개 대통령말고는 없는 줄 알고 있어서 싫고 좋고 따져 볼 생각조차 해 보지 않았고, 북괴와 동일한 주장이나 용어를 사용하기는커녕 그런 용어가 무엇인지조차 몰랐고, 공공집회에서 목적 이외의 선동적 발언이나 질서를 문란시키는 행위를 하기는커녕 남 앞에선 간단한 인사말조차 제대로 못 했다.

너는 그저 애써 세상 물정 모르는 체하고 다람쥐 쳇바퀴 돌 듯이 학교와 일터와 집만 왔다갔다하는 가난한 고학생일 뿐이었다.

학교에서 선배들로부터 특별히 어떤 '학습'을 받은 적도 없고, 학교 안팎의 어떤 정치적인 모임은 고사하고 비정치적 모임에도 나간 적이 없었다. 학교 가기 전에 낮 동안은 오로지 일터에서 열심히 일만 하는, 부지런하고 성실한 종업원일 뿐이었다.

그런 네가 죽다니? 너는 무엇 때문에 죽어야 했을까? 너는 숨이 끊어지는 그 순간에라도 네가 왜 죽어야 하는지 짐작이나 했을까?

계엄군은 이미 '화려한 휴가'라는 작전명령을 내려놓고 은밀히 남도의 한복판 도시인 빛고을 광주를 짓이길 준비를 하고 있는 터였다. 국민의 군대가 국민을 짓밟는 일을 '화려한 휴가'쯤으로 여겼으니, 그 다음에 벌어질 일은 불을 보듯이 환했다. 이른바 '화려한 휴가'는 자기네들의 잇속을 챙기기 위해 본때를 보여줄 만한 곳을 택해 가벼이 한탕 해서 온 나라에 자기네들 힘을 과시하고 자기네들 뜻을 이루려는, 그런 의미였을 것이다. 그런데 뜻밖에도 그 검은 속내를 알아차린 시민과 학생들의 저항이 거세어 뜻대로 되지 않자 더욱 무자비하게 총칼을 휘둘러 버린 것이다.

네가 죽던 무렵, 80만 명이 사는 도시의 하늘에선 '화려한 휴가'를 즐길 계획에 따라 가을바람에 낙엽 날리듯 협박 반 공갈 반인 계엄군의 종이 쪼가리가 펄펄 날리며 쏟아지고 있었다. 전쟁 때 적지에 뿌리는 이른바 '삐라'라고 하던 전단으로, 자기 나라 국민을 완전히 적군 취급하는 내용이었다.

폭도들에게 알린다.

폭도들은 즉시 자수하라.

자수한 자는 생명을 보장한다.

그러면서 한편으론 시민들 사이를 갈라놓는 작전을 썼다.

시민 여러분!

지금 외부에서 많은 폭도들이 잠입,

사태를 악화시키고 있습니다.

낯선 폭도들은 신고하시거나

인상착의를 잘 기억해 두십시오.

일시 흥분했던 청년 여러분!

다른 곳에서는 이미 총을 버리고 속속 자수하고 있습니다.

내분이 일어나 총을 버렸습니다.

지금도 늦지 않았습니다.

후회될 일 하지 마십시오.

총을 든 학생 청년 여러분!

총을 놓고 집에 돌아가십시오.

총을 들고 있으면 폭도로 오인됩니다.

군은 곧 소탕에 나섭니다.

내 생명 내가 지킵시다.

내 생명 내가 지키라니? 군은 국민의 생명을 지키기 위해 존재하는데, 되레 국민을 싹 쓸어 없앨 테니 각오하고 있으라는 협박을 하는 거였다. 그런 협박을 받은 시민들은 역설적이게도 내 생명 내가 지키기 위해 더욱 거세게 군과 맞서기 시작했다.

아무튼 그 도시에 사는 사람들은 자신의 뜻과 상관없이 모두가 폭도로 불려야 했다. 물론 '선량한' 시민에게 보내는 이런 말이 아주 없는 것은 아니었다.

폭도들에 합류한 선량한 시민이나 학생은 즉시 귀가하십시오.
집결된 지역에 있는 선량한 시민 여러분은 위험합니다.

이어 '오후 8시 이후에 밤거리를 방황하는 자는 무조건 폭도로 간주하겠으니 밤에는 일체 외출을 하지 마십시오'라며 쐐기를 박는 으름장을 놓았다.

네가 폭도로 보였든 선량한 시민으로 보였든 네가 어떻게 죽었는지는 아무도 모른다. 너 자신도 모를 테니까. 그러나 분명한 것은 넌 죽었다는 것이다. 그 난리통 속에서.

그 난리통은 열흘간 계속되었고, 마침내 무수한 사람이 죽거나 다치거나 사라지거나 잡혀가야 했다. 결국 난리통은 피로써 끝을 맺었다.

　　폭도들은 투항하라.

　　도청과 광주공원도 군이 장악했다.

　　너희들은 포위됐다.

　　총을 버리고 투항하면 생명은 보장한다.

　5월 27일 새벽 5시 23분, 도시는 계엄군에게 완전히 점령되었다. 그래서 난리통은 끝났다. 군이 일으킨 난리통은 끝났다. 그러나 진짜 난리통은 끝나지 않았다. 난리통과는 아무런 관련이 없어야 할 너 같은 사람까지 난리통 때문에 죽고 말았으니 그 난리통이 쉽게 끝나겠는가?

저기, 저기, 영균이

월산댁은 자기도 모르게 오줌을 찔끔 지렸다. 생각조차 하지 못했던 난리통이 떠올랐기 때문이다. 그러나 이내 곧 좋게 생각했다.

'영균이는 고놈의 난리통을 피하느라 집에 들어오지 않는 거여. 근디 난리통도 인자 끝났자니여? 그라믄 갸도 시방은 집으로 들어와도 괜찮을 것인디…….'

월산댁은 이부대학 앞의 계단을 내려와 운동장 쪽으로 바로 갔다. 운동장에도 학생들은 없었다.

"아따, 운동장 한번 되게 널찍하네잉. 너른 갯부닥 같구면."

혼자서 중얼거리며 월산댁은 운동장을 바라보았다. 운동장을 바라보고 있자니 넓은 운동장에 사람이 꽉 들어차 있는 것처럼 여겨졌다. 사람들이 꽉 들어찬 운동장은 느낌만으로도 심장을 뛰게 했다. 땅이 울렁거리는 것 같기도 했다. 이러다 운동장이

푹 꺼져 내려앉으면 어쩌나 하는 걱정이 들었다.

아들을 찾으러 다니면서 안 일이지만 난리통 때 도청 앞에 사람들이 엄청나게 모여들었다고 했다. 하지만 도청 앞 광장은 내려앉지 않았다. 내려앉은 건 사람들의 마음이었다.

갑자기 등골이 오싹해졌다. 머릿골이 팼다. 수많은 사람들이 웅성거리는 소리가 갈수록 세게 들린 까닭이었다.

"뭣 땜시 사람들이 이케 많이 모여 있을끄나?"

그런데 뜻밖에도 그 사람들 사이에 영균이 서 있었다.

"영균아! 영균아!"

월산댁은 아들을 부르며 운동장 가운데로 마구 뛰어갔다.

"탕! 탕! 탕!"

갑자기 총소리가 들렸다. 월산댁은 귀를 쫑긋하며 황급히 발걸음을 멈췄다. 그러나 총을 쏘는 사람은 보이지 않았다.

월산댁은 다시 발걸음을 옮겼다.

"따콩! 따콩! 따콩!"

다시 총소리가 들려왔다. 이번엔 멈추지 않고 운동장을 가로질러 냅다 뛰었다. 그러나 곧 넘어지고 말았다. 아이 주먹만한 돌멩이에 발이 걸린 것이다. 월산댁은 넘어진 채 잠시 동안 일어나지 못했다.

일어서려고 애를 썼다. 저기, 저기, 영균이 보이기 때문이었다. 아직도 자기 눈엔 저만치에 영균이 서 있는 게 보였다.

"영균아! 영균아!"

"어머니! 어머니! 왜 여기 계세요?"

월산댁의 눈에 교문 쪽에서 달려오는 영균이 보였다. 그러나 곧 월산댁은 다시 쭈그리고 앉았다. 더는 영균을 부르지도 않았다. 달려오던 영균의 모습이 눈앞에서 갑자기 사라져 버렸기 때문이다.

제법 달궈진 초여름 햇살만이 눈에 부셨다.

어머니와 도시의 품

총소리가 들렸다. 그래도 너는 가던 길 계속 가며 출근을 해야 했다. 하루 일하지 않으면 하루 일당이 깎인다. 그러면 빌린 입학금 갚는 일도 멀어지고 당장 생활도 해 나가기 어려워진다. 그래서 총소리가 나도 집으로 돌아오지 못하고 가던 출근길을 재촉하며 일터로 가야 했다.

소문은 들었지만 자기 같은 별 볼일 없는 고학생한테까지 설마 무슨 일이 있으랴 싶었다. 자신 같은 사람은 설령 잡아간다고 해도 아무 득이 없을 테니 애초에 잡지도 않을 것이라 믿었다. 시국에 대해 무슨 의견 같은 것을 눈곱만큼이라도 가지고 있지도 않았다. 그러니 이런 시국이라 한들 자신은 아무 데서고 소용없는 사람일 거라고 스스로 여기고 있는 터였다.

계엄령이 선포되고, 장갑차를 앞세운 군인들이 총칼을 앞으로 겨누고 쳐들어오자 학생과 시민들도 가만있지만은 않았다.

학생과 시민들도 상황을 알리는 전단지를 만들어 뿌렸다.

민주 시민아! 일어서라!

각 대학에 공수부대 투입

광주 시내 일원에 특수부대 대량 투입!

무자비한 총칼로 학생, 젊은이, 시민 무차별 구타!

최소 시민 3명, 학생 4명 이상 사망 확인!

500여 명 이상의 부상자 속출

나아가 학생 시민이 모두 나설 것을 촉구하였다.

결전의 순간이 다가왔다!

놈들의 발포가 시작되었다

무기를 제작하라!

아! 형제여! 싸우다 죽자!

승리의 날은 오고야 만다

이런 전단지를 너도 보았다. 그러나 애써 외면했다.

가슴은 저 깊은 곳에서부터 콩닥콩닥 뛰었지만 나설 용기도 나지 않았고, 나설 까닭도 없었고, 그저 무섭기만 했다. 뭔가 큰 일이 일어난 것만 같았다. 말로만 듣던 전쟁 같은 거였다. 그런 데도 너는 일터로 가던 발길을 돌려 집으로 돌아가거나 도청 앞 광장으로 갈 수가 없었다. 그래서 날마다 그랬던 것처럼 일터로 가는 발길을 재촉했다. 무엇보다도 어머니, 어머니의 모습이 아른거렸기 때문이다.

너는 어머니를 못 잊을 것이다. 너는 네가 나서 자라고 죽어 간 이 도시를 못 잊을 것이다. 그러고 너는, 너를 죽인 그 누군 가를 결코, 결코 못 잊을 것이다.

너에게 어머니가 특별히 잘해 준 건 없다. 그러나 어머니는 너를 낳았다는 그것만으로도 너에겐 소중한 존재이다. 그래서 너는 절대로 어머니를 못 잊을 것이다.

또 너에게 이 도시가 특별히 살뜰하게 베푼 건 없다. 그러나 이 도시의 바람과 햇살과 냄새를 느끼며 자랐다는 그것만으로 도 너에겐 이 도시가 소중한 존재이다. 그래서 너는 절대로 이 도시를 못 잊을 것이다.

너는 누구의 총에 맞았는지도 잘 모를 것이다. 그렇지만 분명 너를 죽인 건 누군가의 총구에서 나온 총알이었다. 어찌 그 총 알을 쏜 이와, 총을 쏘게 한 높은 자리의 인간을 잊을 수 있으랴. 그래서 너는 너를 죽인, 누구인지는 모르지만 분명히 존재하는 그 누군가들을 절대로 못 잊을 것이다. 알 수는 없지만 분명히 존재하는 그 누군가들을.

너는 이른바 학생 지도부는커녕 단순한 시위 가담자도 아니었고, 재야 민주인사도 아니었고, 정치가도 아니었다. 그렇다고 불량배도 아니었고, 건달 놈팡이는 더더욱 아니었다. 그러나 너는 너를 죽인 집단들이 '폭도'라고 부르는 부류에 속하는, 아니 속해야 하는 사람이 되어 버렸다. 그래서 너는 죽은 것이다. 폭도의 눈엔 모든 사람이 폭도로만 보였을 것이다. 알 수 없지만 존재하는 그 누군가들의 눈에는 시민들이, 학생들이 폭도로만 보였던 것이다. 너는 말하자면, 그들의 기준에 따르면 폭도였던 것이다.

그들은 폭도들에게 자수를 권했다. 그러나 다른 시민들이나 학생들과 마찬가지로 너도 폭도가 아니었기에 가던 길 가면 그만이지 자수고 뭐고 할 필요가 없었다.

그런데도 너는 왜 죽는지도 모르고 죽어갔다. 아무도 네가 무슨 이유로, 어떤 과정을 거쳐 죽었는지를 모른다. 그러나 확실한 건 네가 꼭 그 시간에 이 도시, 그 자리에 있었다는 것이다. 그래서 넌 죽어야만 했다. 영문도 모르고 죽은 이는 너뿐만이 아니었다. 들에 갔다 오던 할머니, 집 앞 골목에서 놀던 아이들, 시장에 다녀오던 임산부, 택시에서 내리던 청년……. 손가락 열 개를 몇 번이나 오므렸다 폈다 해도 부족할 만큼 많은 이들이 영문도 모르고 죽어야 했다. 이유라고는 그들도 네가 그랬던 것처럼 하필이면 꼭 그 시간에 이 도시 그 자리에 있었다는 것뿐이었다.

그래서 시민군 대표는 '우리는 왜 총을 들 수밖에 없었는가?'라는 질문을 던진 뒤 간단히 대답했다. 그건 '너무나 무자비한 만행을 보고 있을 수만은 없어 너도나도 총을 들고 나섰다'는 것이었다. 계엄당국은 공수부대를 시내 곳곳에 투입해 학생과 젊은이들을 마구 짓이기고 죽였다. 설마, 설마 하던 일이 일어난 것이다. 그래서 시민군 대표는 물었다. '잔인무도한 만행을 일삼았던 계엄군이 폭도입니까? 이 고장을 지키겠다고 나선 우리 시민군이 폭도입니까?'라고.

그러기에 고등학생들까지 나서서 대자보를 붙였다.

타오르는 눈빛의 젊은 고교생들이여!

칠판을 바라보고 공부하는 것만이 학생의 전부는 아닙니다.

여러분의 부모 형제 동생들이 살인마의 흉측한 총칼에 쓰러지는 것을 그대로 방관만 할 것입니까?

여러분, 조국의 민주화는 앉아서 되는 것이 아닙니다.

누가 거저 주는 것도 아닙니다.

그것은 피를 마시고 사는 흡혈귀와 같아서 숭고한 피의 댓가 없이는 이루어질 수 없는 것입니다.

여러분!

조국의 민주화를 위해 선혈을 뿌린 학생 시민들의 진정한 뜻을 깨닫고 참다운 삶의 가치만을 냉철한 이성으로 판단하여 조국의 민주화가 이룩될 때까지 끝까지 투쟁합시다.

당연히 폭도가 아닌 너는 날마다 지나다니던 길이기에 그 날도 그냥 괜찮겠지 하며 지나갔을 것이다. 그러나 놈들은, 선량한 시민을 폭도로 모는 놈들은 시민들의 일상을 허락하지 않았다. 그들은 이 도시 시민들의 일상을 깨부수러 왔기 때문이다. 일상이 깨지는 것, 그건 난리통 때나 있는 일이다. 그들은 자기네들 뜻대로 일상을 깨는 난리통을 일으킨 것이다.

때로 죽음은 아무 이유 없이 찾아오기도 한다. 근거 없는 죽음, 그래서 너의 죽음은 더욱 쓸쓸하고 어이없다. 그러나 넌 네가 못 잊을 어머니와 이 도시의 누군가와 있으므로 죽지 않았다. 어머니는 널 가슴에 품은 채 살 것이고 틈만 나면 너를 잡아당길 것이고, 이 도시는 네가 죽었다 할지라도 살아 있을 때와 마찬가지로 너를 품에 품고 있을 것이다.

그리고 너를 죽인 놈들 가운데 그 누군가는 가끔씩이라도 가슴 깊은 곳에서 들려오는 맥박 소리 때문에 괴로워할 것이다. 그 괴로움 속에도 너는 존재할 것이다. 그래서 넌 죽지 않았다. 너의 흔적뿐만 아니라 너의 존재 그 자체가 너를 살아 있게 할 것이다.

너의 품삯

　월산댁은 얼굴이 벌겋게 달아오르고 입이 바싹바싹 탔다. 집에 돌아오자마자 수도꼭지에 입을 대고 물을 꿀꺽꿀꺽 들이켠 뒤 머리를 수도꼭지 아래에 들이밀고 한참 동안 있었지만 증세는 쉽게 가라앉지 않았다.

　"염병헐 놈의 날씨가 사람 콱 잡겄네잉."

　한여름에 비하면 덥다고 할 수도 없는 초여름 날씨인데 괜스레 날씨 탓을 했다.

　분명히 학교 운동장에서 영균을 본 것 같았는데 그 녀석이 금세 사라지고 말았다.

　"오늘은 기어코 만나서 집으로 끌고 와야 돼야. 허, 그 녀석도 참. 뭐 헌다고 산에 드러누워서 잠을 자, 잠을 자긴. 이따가 해 지믄 다시 가 보믄 될 것이여. 갸는 야간 대학생인께 학교를 밤에 댕긴 사람 아닌가. 그란께 갸를 만날라믄 밤에 가야제. 아침에 뭐 하러 가. 내가 뭐에 씌었나? 아침부터 오두방정을 다 떨고 다니고, 쯧쯧."

스스로 생각해 봐도 혀를 찰 일이었다. 밤에 가면 될 것을 뭐 한다고 아침부터 가서 기다리다 왔는지 모를 일이었다. 월산댁은 영균의 방을 쓸고 닦았다. 오늘 저녁엔 영균이 집으로 들어올 것 같은 예감이 들었다.

"영균인 지저분한 걸 젤로 싫어혀. 그란께 갸가 오기 전에 방이나 깨끗이 치워놔야제. 갸는 옷 떨어진 건 입어도 앉은 자리 지저분한 것은 못 참는 성미여."

월산댁은 닦을 먼지도 별로 없는 책상이며 방바닥을 두 번 세 번 거듭 쓸고 닦았다. 영균이 웃고 있는 사진이 들어 있는 사진틀을 닦고 있는데 밖에서 인기척이 났다. 그 전에도 닫으나마나 한 대문이긴 했지만, 영균이 집에 안 들어온 뒤부터는 대문을 닫지 않고 밤이고 낮이고 열어 둔 채로 지내고 있었다. 월산댁은 얼른 방문을 열며 소리쳤다.

"누구 왔소?"

"예, 잠깐만요……."

마당이라야 코딱지만해서 방문 앞인지 대문간인지 분간이 잘 되지 않는다. 그런데 방문과 대문의 딱 중간쯤에 한 사내가 서 있었다.

"누구시다요?"

"아, 영균이 어머님 되시는군요."

사내가 고개를 꾸뻑 숙였다.

"누구신데, 우리 아들을 들먹이신다요?"

"몇 달 전에 한 번 뵈었던 사람인데요, 철물점에서……."

"글씨, 통 기억이 나질 않는구만요. 우리 영균이하고 잘 아시
요?"

"예, 같이 일했던 사람입니다."

월산댁은 영균이 새로 취직한 곳이라고 해서 따라가 보았다
가 한 번 본 적이 있는 철물점 주인을 못 알아보았다.

"근디, 시방 영균이가 집에 없는디 무슨 일 땜시 왔다요?"

"영균이가 지난 달까지 일한 품삯 가져왔어요. 얼마 되진 않
지만……."

"우리 아들허고 같이 일허는 사람이라믄 우리 아들헌티 직접
주믄 될 것인디 으째서 집으로 가져왔다요?"

"영균이가 철물점 그만둬서요……."

"우리 아들이 철물점을 그만뒀다고라?"

철물점 주인은 한숨을 내쉬었다. 아내한테 듣던 그대로 영균

의 어머니는 제정신이 아니었다. 철물점 주인은 자신이 찾아온 이유를 뭐라고 설명해야 좋을지 몰랐다.

영균이한테 미리 입학금 낼 목돈을 주긴 했지만, 그래도 생활비로 쓸 수 있게 달마다 얼마씩은 주고 있었다. 그런데 이번 달엔 월급날을 바로 앞두고 영균이 사라져 버린 것이다. 나중에야 영균이 죽은 것을 알았지만 미처 찾아볼 엄두를 내지 못했다. 그리고 장례도 언제 어떻게 치르는지 알 수 없어 장례날에도 와 보지 못했다.

철물점 주인은 그게 늘 마음에 걸렸다. 따지자면 자신이 되레 돌려받을 돈이 남아 있는 셈이었다. 그러나 사람이 죽고 없는 판이라 그럴 수도 없었다. 그래서 장례 부조치고 마지막 달 월급을 가져온 것이다. 끝까지 종업원을 돌보아야 한다는 의무감에서였다.

철물점 주인은 손에 쥐고 있던 누런 봉투를 월산댁에게 내밀었다.

"얼마 안 되지만 제 성의로 알고 받으십시오."

"우리 아들헌티 안 물어보고 이런 걸 받아도 쓸란가 모르겠네잉……."

월산댁은 힘없이 봉투를 받아들었다.

"그럼 저는 이만 가 보겠습니다. 몸조심하십시오."

월산댁이 미처 뭐라고 대꾸하기도 전에 철물점 주인은 서둘러 돌아서서 고개를 숙여 대문을 빠져나갔다.

"싱거운 사람이시……. 영균이헌티 줄 걸 뭐 헌다고 집에까정 가져왔디야."

그 때였다. 다시 대문 쪽에서 인기척이 났다. 월산댁은 방으로 들어가려다 말고 대문 쪽을 바라보았다.

"뭣이 잘못 되었다냐?"

월산댁은 철물점 주인이 되돌아오는 줄 알았다. 그러나 마당에 들어선 사람은 철물점 주인이 아니었다. 전에, 영균이 장례를 다그치느라 나타난 적이 있는 공무원이었다.

월산댁은 그 역시 알아보지 못했다.

"뉘시요?"

"예, 저번에 장례 때 봤던 사람인데요……."

그 사람이 머뭇머뭇하자 월산댁이 다시 말했다.

"전에 봤다고라? 난 댁 같은 사람을 본 적이 없는디……."

"아, 저번에 영균이 학생 장례 때문에……."

월산댁이 고함을 질렀다.

"아니, 우리 아들 얘긴 뭣 땜시 들먹이는 것이여? 엉? 장례?

갸가 그럼 죽기라도 했단 말이여? 뭔 뚱딴지 같은 소리여? 오뉴월에 쇠불알 얼었단 소린 들어봤어도, 고 따위 뚱딴지 같은 소린 들어본 적이 없은께, 내 앞에서 고런 쓰잘데기없는 소리는 허들 말어! 생긴 건 멀쩡헌 것이 익은 밥 처먹고 선소리하고 자빠졌네. 갸가 죽었으믄 시방 일 부리는 사장이 월급까정 가져왔 겄어?"

월산댁은 철물점 주인이 주고 간 봉투를 공무원의 코앞에 들이밀며 흔들어댔다.

공무원은 어이없다는 표정을 지었다. 분명히 자신이 요구한 대로 영균의 장례까지 치렀는데, 월산댁의 태도는 너무나 생뚱맞은 것이었다.

"그, 그것이 아니고 앞으로 무슨 일이 나더라도……."

"젊은것이, 내 듣자든자헌께 벨시런 소릴 다 허고 자빠졌네. 일이 나긴 무신 일이 난다고 귀신이 씨나락 까먹다가 어금니 빠질 소릴 허고 있단가!"

공무원은 더 대꾸할 말을 잊었다. 아무래도 월산댁의 상태가 정상이 아니라고 느껴졌다. 사실 자신이 오늘 영균의 집을 찾은 것은 난리통에 식구를 잃은 유가족들의 동태 파악 내지는 감시를 위해서였다. 앞으로 유가족들의 반발이 어떻게 이어질지 몰라 정부에선 수시로 일선 공무원과 경찰을 통해 유가족들을 구슬리고 달래며 길들이기에 나선 참이었다.

그런데 월산댁은 그러고 저러고 할 수도 없이 아직도 충격에서 벗어나지 못해 제정신이 아닌 듯했다. 공무원은 월산댁과 더실랑이를 해 봐야 득 될 것이 없다고 판단했는지 그냥 돌아갔다. 돌아가는 공무원의 등에 대고 월산댁은 기어코 한 소리를 더 퍼부었다.

"허우대는 멀쩡하게 생긴 인간이 뭔 지랄 헌다고 바람 빠진 헛소리를 허고 돌아댕긴댜! 헐 일 없으면 지 여편네 발고랑에 묻은 땟물이나 빨아주고 자빠져 잠이나 잘 일이제. 넘의 집에 와서 재수없게시리 지랄육갑을 떨고 있네. 에잇, 퉤."

월산댁은 마당에 침까지 내뱉었다. 공무원은 더 대거리를 하지 않고, 뒤도 돌아보지 않은 채 냅다 대문을 빠져나갔다. 월산댁은 공무원이 빠져나간 대문간을 오래도록 멍하니 바라보았다.

너는 살아 있다

　너는 품삯도 받지 못하고 죽었다 한다. 너는 그래서 장례까지
치렀다고 한다. 그러나 너의 어머니는 그런 상황을 이해하지 못
한다. 그럴 수밖에 없다. 너의 어머니는 너를 살아 있는 그대로
가슴에 품고 있기 때문이다.

　"그래도 우리 아들이 몇 달 안 댕겼지만 일을 잘혔는갑서. 그
란께 철물점 사장인지 주인인지 허는 양반이 일부러 집까정 찾
아와서 못 준 품삯 주는 것 아녀. 그려, 영균이가 어떤 아그여.
뭔 일이든 어련히 알어서 엽렵허게 잘혔겄어."

　네가 일하던 철물점의 주인이 왔다 갔다. 왔다 가면서 밀린
월급을, 주지 않아도 될 월급을, 되레 자신이 돌려받아도 한참
더 받아야 할 돈을 너의 어머니에게 주고 갔다. 그런 것으로 미
루어보아 철물점 주인은 너를 잘 본 게 틀림없다. 너의 어머니
말마따나 네가 비록 몇 달 안 되는 기간이었지만 아주 성실하게

일을 한 모양이었다. 네가 어영부영했다면 결코 철물점 주인이 월급을 가지고 왔다 갈 리가 없다.

호랑이는 죽어서 가죽을 남기고, 사람은 죽어서 이름을 남긴다고 했다. 그런데 너는 남길 이름이 없다. 오죽하면 네 주검 명찰에조차 '이름 미상'이었을까? 사람은 있는데 이름은 아직 뚜렷이 알 수가 없다니, 그게 있을 법한 일인가?

그렇게 죽은 너이기에 걸핏하면 관청에서도 사람이 나온다. 죽은 사람이 뭐가 무서워 그러는 걸까? 관청에서 나온 공무원은 줄곧 너의 장례를 들먹인다. 이미 산에 갖다 묻었는데, 지금에 와서까지 왜 그러는 걸까? 그들도 너의 죽음이 믿어지지 않는 걸까? 네가 무덤 속에서 살아 나와 집에 다시 와 있기라도 할까봐 그러는 걸까?

이래저래 너의 어머니는 네가 살아 있음을 더욱 믿는다. 너를 찾거나 들먹이는 사람이 있다는 건 너의 어머니에겐 네가 여전히 살아 있다는 걸 뜻한다.

너는 살아 있다. 너는 여전히 살아 있다.

너는 사회에서 나는 군대에서

대문간을 멍하니 바라보던 월산댁의 눈에 대문 안쪽에 떨어져 있는 우편물이 들어왔다.

"저것이 뭣이다냐? 혹시 영균이헌티서 편지가 왔으까……."

월산댁은 우편물을 가져오기 위해 무릎을 짚고 일어나 뛰쳐나가다시피 했다.

월산댁은 우편물을 집어들었다. '군사우편'이라는 도장이 박힌 편지였다. 군대에 가 있는 영균의 친구 민후가 보낸 것이었다.

월산댁은 갑자기 편지를 뜯어 보고 싶었다. 아들이 자신에겐 속 얘기를 안 해도 친한 친구에겐 집에 들어오지 않는 이유를 말했을 것 같기도 했다. 더구나 민후하고 영균은 초등학교 때부터 쭉 친구였다. 민후가 나이는 한 살 많지만 학교를 늦게 다녀서 친구가 되었다. 민후는 고등학교를 나오자마자 바로 군대에

하사관으로 자원 입대했다. 직장도 마뜩찮았고 대학에 가고 싶지도 않아서였다.

월산댁은 떨리는 손으로 편지봉투 귀퉁이를 살살 뜯었다. 아직까지 월산댁은 아들에게 온 편지나, 아들이 책상 위에 아무렇게나 밀쳐 둔 일기장 같은 것을 훔쳐 본 일이 없었다. 그래야 할 아무런 까닭이 없었으니까. 영균은 누가 뭐래도 자기 일 자기가 알아서 척척 해내는 믿음직한 아이였지 않은가?

굵은 선이 가로로 죽죽 그어진 편지지에는 민후의 큼직큼직한 글씨가 적혀 있었다. 편지지 한복판쯤 되는 자리 민후의 글씨 위에 '검열 필'이라는 도장이 박혀 있었다. 월산댁은 급히 편지를 읽어 내려갔다.

영균에게

어느덧 신록의 계절 유월이 찾아왔구나. 네 편지 받고도 그 동안 훈련을 받느라 곧바로 소식을 전하지 못하고 이제야 펜을 들었다.

이제 일주일만 더 지나면 난 어엿한 대한민국 육군 하사 계급장을 달고 자대 배치를 받게 된단다. 병영에서 하루하루 땀에 젖어 살다 보니 세상이 어떻게 돌아가는지 전혀 몰랐어. 그런데 어제 정훈

교육 시간에 우리 고향 도시에 엄청난 난리가 일어난 걸 알았다. 어떻게 해서 그런 일이 일어날 수 있었는지 대한민국 군인의 한 사람으로서 나는 이해가 안 간다. 국민의 자식인 군인들을 향해서 어떻게 돌을 던지고 총을 쏘고 그럴 수 있었을까?

정훈교관님 말씀으론 깡패들과 북의 지령을 받은 불순분자들이 선동해서 그런 일이 일어났다고 하더라. 영균이 네 주위엔 그런 놈들이 없겠지만, 혹시라도 그런 폭도들이 아직도 주위에 남아 있다면 얼른 신고를 해라. 그놈들은 대한민국 육군이 얼마나 센지를 모르는가 보더라. 그래도 다행인 것은 그런 폭도들을 재빨리 소탕했다는 거였어. 군인의 한 사람으로서 생각만 해도 아찔해.

이 편지 받고 답장은 하지 말으렴. 왜냐하면 자대 배치를 받아 가면 주소가 바뀌거든. 그 때 가서 내가 다시 편지할게.

그럼 너는 사회에서 나는 군대에서, 있는 곳은 달라도 우리 모두 열심히 살자꾸나!

1980. 6. 6. 현충일 날에
너의 변함없는 친구 민후가

월산댁은 편지를 다 읽고 나자 다시 접어서 봉투에 넣고 아까

뜯은 자리에 밥풀을 이겨 제자리에 붙였다.

"민후가 제법 어른 같은 소릴 다 써놨네잉. 세상 걱정도 헐 줄 알고. 이 녀석들이 그래도 그 동안 서로 연락을 함시로 살았구나. 암은, 그래야제. 이 세상에 친구만큼 소중한 것은 없으니께. 부모형제 다음으론 친구제. 민후 걱정처럼 영균이 주변에 폭도라고 하는 건달들은 설마 없었제. 아녀, 그래도 혹시 모를 일이여. 이 녀석이 벌써 여러 날 집에도 오지 않고 산에서 지내는 걸 보믄 그런 놈들 꾐에 빠졌는지도 모르제."

생각이 그쪽으로 미치자 월산댁은 갑자기 조바심이 나기 시작했다. 목덜미가 근질근질했고, 오줌이 찔끔거렸으며, 손이 덜덜 떨렸다.

"그란디, 이거 뭔 소리다냐? 깡패들이라고? 불순분자들이라고? 민후가 알고 허는 소리다냐, 모르고 허는 소리다냐? 가만, 가만, 시방 이것이 그냥 넘어갈 소리가 아닌디. 혹시 영균이를 시방 그런 놈들하고 똑같이 보는 것 아녀? 그래서 친구 단속할라고 편지 보낸 거 아녀? 아니제, 아니제. 우리 아들은 그런 놈들하고 어울려 댕길 사람이 아니제. 민후 지가 친한 친군께 가장 잘 알 것 아녀?"

월산댁은 고개를 세차게 저으며 편지를 반으로 접어 저고리 아래 주머니에 조심스레 찔러 넣었다. 그 때 엿장수 가위 소리가 들려왔다.

"부서지고 깨지고 찌그러져서 못 쓰는 고물 삽니다! 고오물 사요!"

엿장수가 아니라, 고물 장수가 쩔렁거리는 가위 소리였다. 난리통이 끝난 뒤에 부쩍 늘어난 게 있다면 고물장수일 것이다. 부서지고 깨지고 찌그러진 것이 많아져서 그런 것 같았다. 그러나 부서지고 깨지고 찌그러진 것이 어찌 물건뿐이겠는가?

월산댁은 안방 문을 부리나케 열어젖히고 방으로 뛰어들어갔다. 고물장수의 가위 소리가 점점 멀어져 갔다. 외침 소리도 차츰 작아졌다.

"고-오-무-울-사-압-니-다-아-."

잠시 후 월산댁의 흐느낌 소리가 새나왔다.

산 자가 산 자에게

민후의 편지는 산 자에게서 죽은 자에게로 왔다. 아니, 산 자에게서 산 자에게로 왔다. 편지를 쓴 이는 편지를 받을 이가 죽어 있으리라곤 꿈에도 생각 않고 보낸 것이므로. 그래서 죽은 자는 산 자의 몫이다. 산 자가 살아 있다고 생각하면 죽은 자도 산 자이고, 산 자가 죽어 있다고 생각하면 죽은 자는 정말로 죽은 것이다. 그래서 너는 민후가 편지를 쓰고 보낸 그 동안은 물론 언젠가 민후가 네 소식을 알 때까지는 여전히 산 자이다.

민후의 편지는 마치 누군가가 불러 주는 대로 적은 내용 같았다. 그걸 입증이라도 하듯이 '검열 필'이라는 도장까지 박혀 있었다. 그렇게 검열까지 받느라 그랬는지 편지는 민후가 적은 날짜에서 보름도 훨씬 지난 뒤에야 배달되었다.

너는 분명 민후에게 있어선 산 자다. 그뿐인가? 너의 어머니에게도 너는 산 자다. 그런데 넌 지금 어디 있는가? 소쩍새가 배고파 구슬피 우는 공원묘지 한 귀퉁이, 그 곳에 지금 너는 누워 있다.

왜?

너는, 죽었으므로.

그러나 너의 어머니 월산댁은 너의 죽음을 알지 못한다. 아니, 너의 죽음을 알았고 그 죽음을 인정했기에 울면서 몸부림치면서 너의 장례도 치렀다. 그러나 그러고 나선 네가 죽었다는 것을 잊어버리고 말았다. 너의 어머니는 너를 떠나보낸 게 아니라 너의 죽음을 떠나보냈다. 그래서 산 모습으로 돌아올 너를 기다린다. 이미 너의 어머니는 긴 기다림 속에 들어가 있다. 살아 있는 너를 기다리는 어머니. 그래서 다시, 아니 여전히 너의 어머니에게 너는 살아 있는 사람이다.

너의 어머니는 고물장수의 가위 소리만 들어도 몸부림을 친다. 어머니의 모든 것이 부서지고 깨지고 찌그러져 있어서이다. 그래서 어머니는 고물처럼 되어 버렸다. 그러나 가슴속에 살아 있는 자식만큼은 고물로 취급되지 않기를 바란다. 그렇기에 고물장수의 가위 소리를 못 견뎌한다. 혹시라도 그 가위 소리에 네가 고물이 되어 버리면 어쩌나 하는 두려움이 있기 때문이다.

너는, 지금 무슨 생각을 하는가? 너의 어머니 가슴속에 여전

히 살아 있는 너는? 너의 친구 민후의 머릿속에도 여전히 살아
있는 너는?

아들이 먹을 저녁밥

어디선가 종소리가 들려왔다.

절에서 나는 종소린가?

교회 종소린가?

학교 종소린가?

월산댁은 종소리에 놀라 잠이 깼다. 이불에 엎드려서 흐느끼
다 어느새 잠이 들었나 보다.

시간이 얼마나 지났을까?

월산댁은 무심결에 시간을 떠올렸다. 영균을 만나러 갈 시간
이 다 되지 않았나 싶어서였다. 희미하던 종소리가 가깝게 들려
왔다. 그것은 저녁밥 짓기 전에 서둘러 돌아다니는 두부장수의
딸랑이 소리였다. 벌써 시간이 그렇게 되었다.

월산댁은 흐트러진 머리를 바로잡고 옷매무시를 다시 했다.
이러고 늑장을 부리고 있을 때가 아니었다. 저녁에 아들을 만나

려면 아들이 먹을 저녁밥도 준비해야 한다.

'김밥을 싸끄나? 짜장면 한 그릇을 사갖고 갈끄나?'

결국 월산댁은 달걀부침을 푸짐하게 넣은 김밥을 굵직하게 말아서 가져가기로 마음먹었다. 영균이 오늘은 시험을 보는 날이라고 했다. 그러니 시험 시간에 쫓기다 보면 차분히 밥 먹을 시간도 나지 않을 성싶어서였다.

'바쁠 때 먹긴 김밥이 낫겄제.'

월산댁은 부엌으로 나갔다. 한 시간쯤 지나 월산댁은 김밥이 든 보자기를 들고 집을 나섰다. 병에 물을 따로 담는 것도 잊지 않았다. 민후의 편지와 철물점 주인이 주고 간 봉투도 잊지 않고 챙겼다.

월산댁이 영균의 학교에 다시 도착했을 땐 아침 나절과는 달리 운동장에 학생들이 많이 있었다. 수업을 마친 중고등학교 학생들이 축구도 하고 야구도 하면서 놀고 있었다. 월산댁은 운동장을 가로질러 이부대학으로 올라갔다.

아침에 만난 수위가 수위실에서 돋보기를 코끝에 걸친 채 신문을 보고 있다가 월산댁을 보자 밖으로 나왔다.

"아니, 아줌마, 여길 뭐 하러 또 왔소?"

"아들 만나러 왔단께라."

"누구를 만나든 그건 상관없지만, 지금 학교는 휴교령이 내려져서 아무도 오지 않는다니까요."

"아잡씨는 자꼬 휴교, 휴교 혀쌓는디, 그라든 말든 우리 아들은 시험 보러 학교에 오기로 했단 말이요."

수위는 고개를 갸우뚱거렸다. 아무래도 월산댁이 정상이 아닌 사람으로 여겨졌다.

"난리통만 아니었으면 지금쯤 기말고사 볼 때도 되었지요. 유월 중순 들면 벌써 시험이 시작되어서 유월 말이 되기 전에 방학을 했으니까요. 하지만 올해는 시험은커녕 수업도 하지 못하니까 벌써 방학한 거나 다름없어요."

수위는 담배를 꺼내 문 뒤 월산댁을 보고 다시 물었다.

"그런데 아들은 무슨 일로 여기서 만나자고 했소?"

"아잡씨는 넘의 일에 뭔 관심이 그렇게 많다요? 다 만날 만한 일이 있은께 만나기로 혔제."

"아들이 분명히 이 학교에 다니는 학생이라면 학교가 지금 휴교 상태인 줄을 잘 알 것 아니오? 그러니 시골서 어머니가 오신다 했으면 시외버스 공용터미널 같은 데로 마중을 나갔을 것 아니오?"

수위는 월산댁을 시골에서 아들을 만나기 위해 올라온 촌 아낙네쯤으로 본 것 같았다.

"아따, 아잡씨, 그런 소리 마쇼. 우리 아들은 분명히 이 학교 댕기는 학생이다요. 고등학교에서도 전기과 댕겼는디, 대학교서도 전기과 댕기고 있다요. 그라고 뭐 내가 시골서 올라온 촌 아낙인 줄 아시요? 난 시방 아들허고 같이 살고 있소."

"그러면 뭐 하러 같이 사는 아들을 학교까지 와서 만나느냔 말이오?"

수위는 갈수록 알 수 없다는 표정을 지었다.

월산댁의 표정이 시무룩해지더니 힘없는 목소리로 대꾸했다.

"아들이 요새 집을 들어오지 않은께 이라고 안 댕기요."

수위가 놀란 말투로 물었다.

"아들이, 집을, 안 들어와요? 언제부터요?"

"아, 그놈의 난리통인가 뭔가 하는 때부터지라."

수위의 얼굴이 갑자기 일그러졌다. 뭔가 할 말이 있는 듯했으나, 입을 다무는 표정이 역력했다. 월산댁도 더 말을 하지 않았다.

제법 주위가 어둑어둑해져 갔다.

너의 집

너는 끝내 나타나지 않았다. 아니, 나타날 수가 없는 것이다.

너는 다시는 어머니를, 친구를, 파란 하늘을, 이 도시의 거리를, 가로등 불 밝힌 교정을 만날 수 없다. 너는 너의 키만한 길이, 너의 몸통만한 너비의 널빤지로 만들어진 집 속에 갇혀 있다. 그래서 너는 다시 나타날 수가 없다.

너의 집, 너의 방에 너는 있다. 그리고 다시, 새로 들어간 너의 집에 너는 있다. 너의 흔적들이 남아 있는 너의 방은 너말고도 너의 어머니와, 너의 동생과, 너의 친구들이 함께할 수 있다. 너의 흔적 속에 있는 너를 만나고자 하는 이면 누구나 함께할 수 있는 것이다.

그러나 땅을 파서 새로 지은 너의 집엔 예전 모습의 너는 없고 지금 모습의 너밖에 없다. 그러기에 그 집엔 너의 옛 흔적들도 없다. 네가 쓰던 물건, 너만의 냄새 따위가 없는 것이다. 너를 알던 다른 사람이 너를 너라고 느낄 만한 것이라곤 아무것도 없다. 오로지 '이름 미상'으로 누워 있던 네 육신만 통째로 들어가 있을 뿐이다. 이 집에선 그 육신만이 너다. 그런데 누가 이제는 움직일 수 없는 그 육신을 느껴 줄까?

너는 스무 살, 아니 만 열아홉 살의 나이로 어머니를, 친구를, 파란 하늘을, 이 도시의 거리를 버리고 말았다. 아니, 그러한 것 모두로부터 튕겨져 나가 버리고 말았다.

그러나 너는 스무 살, 아니 만 열아홉 살 나이만큼의 크기와 부피로 그러한 모든 것 속에 남아 있다. 누가 너를 버릴 수 있겠는가? 너의 새로운 집은 아무도 너를 느낄 수 없게 단단히 뚜껑을 덮어 버렸다. 그렇지만 너는 네가 두고 온 도시와 너를 아는 사람들의 모든 것 속에, 너의 나이에 맞는 지난 세월의 크기와 부피로 남아 있다.

자장 곱빼기

　월산댁은 결심했다. 아예 영균이 있는 곳으로 찾아가 보기로
마음먹은 것이다. 그래서 이부대학 건물을 뒤로 하고 다시 계단
을 내려왔다. 운동장을 가로질렀다. 어둑어둑한 밤하늘에서 이
제 막 별이 하나 둘 얼굴을 내밀기 시작했다.

　'시간이 너무 늦어서 우리 아들 뱃가죽이 등짝에 붙어부렀겄
다. 김밥만 갖곤 양이 당최 안 찰 것인께 짜장면을 한 그릇 받어
갖고 가야 쓰겄다.'

　월산댁은 학교 앞에서 중국집을 찾아 자장면 한 그릇을 싸 달
라고 했다.

　"아잡씨, 우리 아들이 먹을 것인께 기왕이믄 곱빼기하고도 고
봉으로 많이 잠 주쇼잉."

　"많이 드린 것이단께라. 짜장면은 너무 오래 있다 먹으믄 불
어터져서 맛이 없은께 바로 드셔야 되는 것 아시지라? 그라고

아짐씨, 그릇은 꼭 갖다 주쇼. 알았지라?"

"알었단께라. 우리 아들이 지금 한창 먹을 때이긴 혀도 아무려면 그릇까정 먹겄소. 짜장만 훑어먹고 나믄 그릇이사 내가 다시 가져오믄 되지라."

중국집을 나온 월산댁은 바로 앞에 있는 구멍가게에서 우유도 한 병 샀다.

"넘의 입에 들어갈 것 배달만 댕기느라 니는 먹고 잡은 우유도 실컷 못 먹었쟈."

월산댁은 버스를 두 번씩이나 갈아타고서야 공원묘지 입구에 내렸다. 저녁 시간이라서 그런지 공원묘지 입구에 내리는 사람은 월산댁말곤 없었다.

월산댁은 자신을 내려놓자마자 꽁무니를 빼듯 달려가는 버스를 바라보다 말고 하늘을 올려다보았다. 하늘엔 아까보다 더욱 많은 별들이 박혀 있었다.

"썩어 문드러지는 넘의 속도 모르고, 뭔 염병 지랄헌다고 하늘엔 저렇게 별이 많다냐, 퉤!"

월산댁은 공원묘지 쪽으로 터덜터덜 걸어 들어갔다.

"가는 길에 영균이랑 만나지믄 좋겄구만."

그러나 영균은커녕 사람 그림자도 만나지지 않았다. 월산댁은 불편한 몸이지만 한 번도 쉬지 않고 계속 걷기만 했다.

가벼운 바람이 스칠 때마다 풀 냄새가 콧속에 배어들었다.

"이놈이 시방 뭐 하고 있으까? 에미가 지를 만날라고 학교에 갔다가 허탕치고 이짝으로 오고 있는 걸 알고나 있으까? 내 참, 끼니나 제대로 잇고 있는지 모르겠네잉……."

월산댁은 먹을거리를 싼 보자기를 다른 손에 바꿔 들면서 아들의 끼니 걱정을 했다. 동시에 저고리 아랫주머니에 들어 있는 민후의 편지와 철물점 주인이 준 봉투도 만지작거려 봤다.

어슴푸레한 어둠 속에선 풀잎들이 서로 몸을 부비는 소리말 곤 아무 소리도 들리지 않았다. 월산댁은 자신의 발소리에 숨을 맞추며 걸었다.

"왜 이케 심이 드까. 이 녀석이 마중이라도 나올 줄 알았는디, 영영 안 나오고 마네잉. 야가 뭣 땜시 이케 독해져부렀으까. 에미랑 약속해 놓고도 안 나와불더니, 에미가 오는지 가는지 내다보지도 않는구만. 세상 다시 조용해진 줄을 아직 모르는 것이다냐."

월산댁은 혼자서 구시렁댔지만 아들이 야속해서 그런 것은 아니었다. 자신의 발소리에 헐떡거리며 숨을 맞추다 보니, 광대 사설 늘어놓듯 뭐라고 말이라도 한마디 해야 할 것 같아서 괜히 해 보는 소리였다.

마침내 묘지로 올라가는 산밑 길까지 왔다. 월산댁은 곧 아들을 만나리라는 기대에 이마에서 흐르는 땀을 닦을 생각도 하지 않았다. 월산댁은 이리저리 묘지들 사이를 지나 영균의 묘를 찾았다. 영균의 묘엔 자신이 갖다 둔 해작 바지가 얹힌 채 그대로 있었다.

"어? 영균이가 그 동안 꼼짝도 안 혔는갑네. 입으라고 갖다 준 바지가 고대로 있어부네."

월산댁은 영균의 바지를 거둬서 조그맣게 개어 묘지 옆으로 내려놓았다.

"아가, 배고프쟈? 에미가 너 좋아하는 김밥하고 짜장면 가져 왔다. 어서 나와서 쪼깐 먹어봐라잉."

월산댁은 보자기를 끌러서 김밥과 자장면을 꺼냈다. 김밥은 썰지 않아 줄김밥 그대로 길쭉했다. 원래 영균은 김밥을 잘게 썰지 않고 김 한 장을 만 그대로 손에 쥐고 먹기를 즐겼다. 김밥 속은 여느 김밥처럼 단무지나 시금치 같은 것을 넣는 것보다 김 치를 넣고 만 것을 좋아했다. 그렇게 길게 만 김밥을 보통 한 자 리에서 넉 줄을 먹었다. 오늘은 저 좋아하는 달걀부침까지 푸짐하게 넣어 왔다. 자장면은 불어서 덩이가 져 있었다. 월산댁은 덩이진 자장면을 손으로 주물럭거려 풀어헤쳤다.

월산댁은 김밥과 자장면과 우유를 무덤 앞에 내려놓았다. 물도 한 잔 따라서 같이 놓았다. 그러나 그렇게 먹을 것을 준비해 놓고 한참을 기다려도 영균은 나오지 않았다. 에미가 온 인기척을 느꼈으면 얼른 반갑게 뛰쳐나와 맛있게 먹어야 마땅할 텐데 말이다.

"야가 아무 소리 없이 이 안에서 뭐 헌다냐? 먹을 것 가져왔은께 퍼뜩 일어나서 요기나 하고 누워 있더라도 누워 있제."

월산댁은 난리통이 끝났는데도 이런 산중의 땅 속에 계속 숨어 있는 아들이 이해가 되지 않았다.

"야가 이런 사람이 아니었는디, 변하기는 단단히 변해부렀어야. 에미를 그만 놀려도 될 것인디, 뭔 일로 꼼짝도 안 허까?"

월산댁은 조바심이 나기 시작했다. 지금이 비록 난리통이 끝난 지 얼마 되지 않은 때라서 조심하긴 해야겠지만 에미가 와도 아들 녀석이 안 나오는 걸 보면 뭔가 잘못되어 있는 것 같다는 느낌이 들었다.

다 쓰고 없는 지상의 시간

　너는 너의 어머니가 아무리 속을 끓이고 애를 태워도 밖으로 나올 수가 없다. 밖으로 나올 수 없기에 어머니가 갖다 둔 바지를 멋들어지게 입을 수 없고, 어머니가 가져온 김밥과 자장면을 맛있게 먹을 수 없고, 우유와 물을 시원하게 마실 수 없다.

　지금 현재 어머니의 간절한 소망은 네가 밖으로 나와 즐겨 입던 바지를 입고 좋아하던 먹을거리들을 맛있게 먹는 걸 보는 것이다. 그러나 살아 있는 이에겐 아무것도 아닌 그러한 것이, 너로선 절대로 할 수 없는 일들이다. 기껏 힘들여 가져온 먹을거리를 사랑하는 아들에게 못 먹이고 있으니, 너의 어머니 속이 말이 아니다, 지금. 그러니 넌들 속이 편할까?

　너는 지금 죽은 몸으로 꼼짝도 못 하고 무덤 속에 누워 있어야 한다. 그러나 너의 어머니는 네가 있는 무덤을 무덤으로 보지 않는다. 그저 집이다. 아들이 피치 못할 사정이 있어 사람들

눈을 피해 들어가 숨어 있는 집. 너는 밖으로 나와 아무런 얘기도 할 수 없지만 너의 어머니는 너를 살아 있는 아들로 여긴다. 그렇기에 밖으로 불러내 너에게 입히고 먹이고 너와 이야기 나누고 싶어한다. 너의 현실과 어머니의 현실이 다른 것이다.

너는 이미 너의 현실조차 인식하지 못하고 그저 누워만 있다. 그리고 자신의 현실을 인식 못 하는 건 어머니도 마찬가지다. 어머니는 너의 죽음을 까맣게 잊어버렸다. 너의 죽음에서 벗어나 있는 것이다. 너의 어머니는 네가 죽은 지 오래 되어 너의 죽음을 잊은 게 아니다. 네가 죽었다는 사실을 잊어버린 것이다.

어찌 되었든 어머니의 지금 이 순간은 서럽고 괴롭기 짝이 없다. 보고 싶은 아들을 보지 못하고 해 주고 싶은 걸 해 주지 못하니 어찌 서럽고 괴롭지 않겠는가.

그러나 너는 어머니의 서러움과 괴로움을 어찌 해 줄 도리가 없다. 네가 그걸 대신 짊어질 수도 없다. 너는 이미 지상에서 쓸 시간을 다 써 버려서 너의 시간은 좋든 나쁘든 이미 멈추어 버렸기 때문이다.

그런데 너의 어머니는 그걸 모른다. 어머니의 시간을 네가 나누어 쓸 수만 있다 해도 어찌 해 볼 것이다. 그러나 이제 그렇게는 못 한다.

너는 지금 지상에 없다. 지하의 집에 갇혀 있는 것이다. 지상의 시간들은 네 것이 아니다. 살아 있는 이들에게 다 나누어 주고 말았다. 너는 살아 있는 그들의 시간 속에서만 존재한다. 죽어 있는 너의 시간은 따로 없다.

여물다 만 조각달

　월산댁은 아무리 기다려도 아들이 나오지 않자 별의별 생각
이 다 들었다. 아무래도 자기가 오기 전에 아들이 누구한테 무
슨 일을 당한 것 같기만 했다.

　'혹시 낮에 온 그 괭이 같은 공무원 놈이 우리 아들헌티 무슨
수작을 부린 것 아녀?'

　마침 6·25 전쟁 때 일이 떠올랐다. 그 때 친정 아버지와 오빠
들은 산에 구덩이를 파고 들어가 누워 있었다. 그러다가 밤을
도와 식구들이 몰래 주먹밥을 가지고 가면 슬며시 뗏장을 거두
고 나왔다. 그러나 그 때마다 밥 가지고 간 사람이든 안에 숨어
있는 사람이든 긴장되고 조심스러웠다. 어느 누가 노리고 있을
지 알 수 없었기 때문이다. 그래서 가족이 가도 안에서는 한참
을 꼼짝도 하지 않고 있었다. 가족만 왔는지, 자신들을 해칠 사
람이 따라왔는지 알 수 없으니까. 한참 지나면 다른 사람이 없

는 게 확인된다. 그러면 그제야 안심하고 밖으로 나오는 것이었다. 어린 나이 때의 일이었지만 월산댁은 새삼스레 그 때 일이 뚜렷하게 떠올랐다.

그 때 남정네들은 동네 앞산 잔솔밭 우거진 골에 그렇게 서너 달씩 숨어 있어야 했다. 왜냐하면 낮과 밤이 바뀔 때마다 경찰과 인민군이 번갈아가며 드나드는 통에 자칫 어느 총구멍에 송장으로 나자빠질지 모를 일이기 때문이었다. 그 때의 난리통은 언제 끝날지도 알 수 없는 것이어서 조용해졌다 싶어도 섣불리 산을 내려올 수가 없었다. 하지만 이번 난리통이야 열흘로 끝났고 군인들도 이젠 총질을 하지 않으니 나와도 되지 않겠는가? 아니, 낮에 나오지는 못한다 해도 에미가 먹을 것을 갖고 왔을 때라도 나와 줘야 하지 않겠는가?

그런데 영균은 꿈쩍도 하지 않고 있었다. 그렇다면 아무래도 낮에 집에 와서 쓸데없는 흰소리를 지껄이고 간 그 공무원 놈이 어떤 수작을 벌였는지도 모를 일이었다.

'그놈이 나보다 먼저 와서……?'

월산댁은 자꾸만 그렇게 불안하고 방정맞은 쪽으로 생각이 갔다. 그러나 이내 곧 그런 생각을 떨쳐 버리려고 애를 썼다.

'내가 주책이여. 시방 뭔 쓰잘데기없는 생각을 하고 있댜. 미

친 개마냥 지랄 떨던 모진 놈들 인자 다 물러갔다는디…….'

"영균아, 어서 나온나. 인자 맘 놓아도 된단께. 에미 뒤 밟은 놈 없어야. 나 혼자 왔은께 걱정 말고 나오더라고잉."

그래도 무덤 속에선 아무 기척이 없었다. 월산댁은 궁리를 하다가 저고리 주머니에서 민후가 보낸 편지를 꺼냈다.

"영균아, 군인 간 민후가 편지를 혔더라. 어서 나와서 편지도 읽어 보고 혀라. 근디 쪼깐 어두울란가……."

하늘을 쳐다봤더니 별말고도 생기다 만 조각달이 떠 있었다. 아직 여물어 가는 참이었다. 월산댁은 민후의 편지를 영균의 바지 위에 얹어 놓았다.

"민후헌티 답장헐 때 너는 아무 일 없은께 걱정 말라고 혀라잉. 갸가 뭘 잘못 생각허고 있는지도 모르니께 빨리 답장혀. 아녀, 내 정신 좀 봐라. 민후가 어디로 간께 나중에 지가 다시 편지헌다고 허더라. 헐 수 없제, 그 때 답장혀. 내가 쪼깐 궁금해서 민후 편지 오자마자 읽어 봤다. 에미가 여태껏 니 편지 뜯어 보고 그런 적 없는 거 알제? 갸가 혹시 니 소식 알고 있으까 궁금혀서 그냥 뜯어 본 것인께 이해허그라잉."

그래도 영균은 꼼짝도 하지 않았다. 월산댁은 이번엔 철물점 주인이 준 봉투를 영균의 옷 위에 얹었다.

"영균아, 철물점 주인이 니 품삯 가져왔드라. 인사가 있는 사람인갑더라. 니가 잘 안 나온다고 집에까정 와서 품삯을 주고 가고. 어서 나와서 이런 것들 다 챙겨 보란께, 어서."

여전히 영균은 꼼짝도 하지 않았다.

맥이 풀리고 머릿골이 쑤시며 담배 생각이 났다. 월산댁은 영균의 아버지가 교통사고로 세상을 뜬 뒤로 가슴에 불이 나고 머릿골이 팰 때면 담배를 한두 대씩 피우곤 했다. 그러다가 이태 전부턴 담배도 별 효과가 없어 그나마 전혀 피우지 않았다. 그런데 지금 갑자기 담배 생각이 났다. 한 모금 빨고 싶었다. 학교 수위가 담배 한 개비를 꺼내 입에 물던 때부터 생각이 났는지 모른다. 그러나 참을 수밖에. 담배를 안 챙겨가지고 다니기 시작한 때가 벌써 언제인가······.

별똥별 하나가 크게 포물선을 그리며 떨어졌다. 공무원의 얼굴이 또 떠올랐다. 그 얼굴이 떠오르자 월산댁은 더욱 조바심이 났다. 영균이 나오지를 않으니 아무래도 이녁 손으로 직접 흙구덩이를 파헤쳐 봐야 될 것 같았다.

"암만 생각혀도 야가 이 속에서 뭔 일이 있는 것이여. 내가 시방 이러고 있을 때가 아니구만. 이러고 있을 때가 아녀!"

월산댁은 김밥과 자장면을 두어 발짝 뒤로 치우고 영균의 바

지와 봉투들도 한쪽으로 치웠다. 그런 뒤 고양이가 앞발을 치켜
들듯이 두 손을 뻗어 무덤의 흙을 파헤치기 시작했다. 아직 무
덤 흙이 다져지지 않고 부슬부슬해서 잠깐 파헤쳤는데도 봉분
모양이 찌그러지기 시작했다. 그렇게 한참을 정신없이 파다 말
고 월산댁은 주저앉아 숨을 골랐다.

서늘한 밤기운이 묻어 있는 바람 한 줄기가 지나갔다. 월산댁
은 이마의 땀을 한 번 훔친 뒤 다시 흙을 파내기 시작했다.

"내 새끼가 이 구덩 안에서 뭔 일을 당했는지 모르는디, 에미
라는 것이 시방 이라고 쉬어 가면서 여유 부릴 때가 아녀."

워낙 그악스럽게 덤벼들어 파내기도 했지만 애당초 급히 허
술하게 만든 무덤이어서 봉분은 금세 사라졌다. 월산댁은 간간
이 엎드려 귀를 대고 무덤 안쪽에서 무슨 소리가 나는지 살폈
다. 그런 뒤 곧바로 아들의 이름을 불렀다.

"영균아! 영균아! 안에서 뭐 허냐. 이놈아, 에미가 왔는디 내
다보지도 않냐? 난리도 인자 끝나서 아무 일도 없은께 어서 나
온나. 총칼로 쏘고 찌르던 놈들 죄다 물러들 갔단다. 맘놓고 나
와서 요기도 하고 지난 야그도 해봐라잉. 인자 집에 가도 암실
토 안 헌께 어서 나온나."

그러나 대답이 없었다.

월산댁은 온몸이 땀으로 범벅이 되었지만 아들을 빨리 보고 싶은 마음에 열 손가락을 더욱 단단히 세워 흙을 더 악착같이 긁어냈다. 허리가 쑤시고 다리가 저려 왔다.

　시간이 얼마쯤 흘렀을까? 마침내 손끝에 널빤지 같은 것이 닿는 느낌이 들었다.

　"아마도 이것이 가운데를 막은 문인 모양인디……. 하이고, 단단히도 막아놓고 숨어 있구만. 요로코롬 단단히 막아놓고 있은께 나오기가 심들제. 어영차! 이 문만 열면 나올란가?"

　널빤지가 조금씩 보이자 월산댁은 흙을 두 손에 담듯이 하여 조심조심 떠냈다. 제법 길이가 길고 너비가 넓은 널빤지가 드러났다. 월산댁은 널빤지를 들어내려고 해 봤다. 그러나 널빤지에 못질이 되어 있는지 들어지지 않았다.

　"옳아! 문짝에다 아예 못까지 쳐놔서 못 나오는 모양이구만."

　월산댁은 한 발짝 물러나서 주위를 돌아봤다. 네댓 걸음 떨어진 곳에 아이들 머리통만한 돌덩이가 보였다. 어두워서 주위 분간이 쉽지 않았다. 자신이 파내어 쌓아 놓은 흙더미에 미끄러져 가면서 월산댁은 그 돌을 집어 왔다.

　"이걸로 시방 문짝을 아주 부숴줘야겠구만."

　월산댁은 널빤지를 향해 돌덩이를 내리쳤다. 한 번, 두 번, 세

번……. 밤의 정적을 깨는 둔탁한 소리가 앞산 뒷골로 몇 번씩 왔다갔다하며 울려 퍼졌다. 월산댁은 몇 번 더 돌덩이로 널빤지를 내리쳤다. 마침내 널빤지가 갈라지는 소리가 났다. 월산댁은 갈라진 널빤지 한쪽을 잡아당겼다. 바로 널빤지 한쪽이 떨어져 나왔다. 월산댁의 입에서 비명 소리가 터져나와 어두운 밤하늘을 찢었다.

"아이고메! 요것이 시방 뭔 일이단가!"

송장 썩는 냄새가 확 풍겨 왔다. 관 뚜껑이 열린 것이다. 무덤 안으로 하늘의 별이 다 쏟아지는 듯했다. 월산댁은 눈앞이 하얘지는 듯한 어지럼증과 함께 쓰러져 무덤 안으로 빨려 들어가고 말았다.

여물다 만 조각달이 새벽이 되도록 하늘에 겨우 매달려 있었다.

기다림, 빛과 어둠 사이

너는 거기 있었다.

너의 스무 살, 아니 만 열아홉 살의 젊음이

거기에 누워 있었다.

그러나 너는 이미 네가 아니었다.

너라고 느꼈던 냄새,

너라고 느꼈던 모습,

무엇보다도 너라고 느꼈던 웃음이,

거기엔 없었다.

너는 너의 어머니가 기억하는

그 모든 것이 아니었다.

너는 이제

네가 좋아하던 김밥과

네가 좋아하던 자장면과

네가 즐겨 입던 바지와

너를 산 자로 기억하는 친구의 편지와

너의 마지막 노잣돈이 되어 버린 품삯으로 남았다.

무참하게도

너의 어머니의 기다림은 부질없었다.

너의 어머니의 빛이었던 너,

너의 어머니의 어둠이 되어 버린 너,

너는 정말로 어디로 갔는가?

'5월 광주' 그리고 청소년 독자에게 말 걸기

1

'5월 광주'로부터 이제 26년이 지났다. 그 때 나는 대학생이었다. 우리 아이가 올해 대학생이 되었으니, 어언 한 세대가 지났다. 긴 세월이다.

1980년 '5월 광주'와 그 후의 세월을 되살려 생각해 보려니 너무나 많은 것들이 한꺼번에 몰려와 무어라 할 말을 찾을 수 없다. 사실 나는 우리 집 아이들에게도 '5월 광주'와 그 후에 내가 겪은 현대사에 대해 변변하게 해 준 이야기가 없다. 아이들은 그저 교과서에서 역사상의 여러 사건들 가운데 하나로 간략하게 배웠을 터이다.

지금의 청소년들에게 '5월 광주'는 태어나기 전에 일어난 과거 역사의 한 장면일 뿐이다. 학생 시절 나는 6·25나 4·19에 대해 학교에서 배우거나 어른들에게서 이야기를 들으면, 그 사건들이 마치 갑오농민전쟁이나 광주학생운동, 조선시대의 임진왜란처럼 아득하게 느껴졌다. 불과 이삼십 년 전의 일인데도 내가 직접 체험하지 못했으니 먼 과거로만 생각되었던 것이다. 또 어른들이 일제 때 핍박받은 이야기나 6·25 때 험란했던 이야기를 하면, 다 지나간 일인데 예전에 고생한 것을 내세워 아이들을 몰아세우고 윽박지른다고 반발심이 생기기도 했다. 그러나 내가 요즘 아이들을 붙잡고 80년대 광주민주화항쟁을 이야기하지 않는 것은 예전의 나처럼 그런 식으로 받아들일까 봐 두려워서라기보다는, 아무리 내가 절절하게 체험한 일이라 해도 상대방의 마음에 가 닿게 전달하기가 쉽지 않음을 알기 때문이다.

대화의 전제로 필요한 것은, 우리 아이들에게 '5월 광주'는 생생한 현재라기보다 과거사요 역사의 일부라는 것을 체험 세대가 그대로 받아들이는 일이다. 사실 그것은 나같이 '광주'의 현장을 직접 경험하지 않은 사람에게도 쉽지 않은 일인데, 무자비한 폭력과 학살의 '광주'를 현장에서 처절하게 몸으로 겪은 박상률 같은 작가에게는 말할 수 없이 어려운 일일 것이다.

물론 과거사나 역사를 배우는 목적은 단순히 지식 정보를 축

적하는 데 있는 것이 아니라, '역사는 과거와 현재의 대화'라는 E. H. 카의 널리 알려진 명제처럼 지난 시대를 돌아보고 오늘의 진보를 추구하는 데 있다고 하겠다. 이러한 역사 배우기를 통해 '5월 광주'를 제대로 아는 것은 상당히 의미 있는 일이며, 오늘 우리 사회의 모습과 갈등들을 이해하기 위해서도 꼭 필요한 일일 것이다.

그러나 역사 배우기를 아무리 충실히 하더라도 충족될 수 없는 것이 있다. 기억 깊숙한 곳에 남아 있는 어머니의 물큰한 젖 냄새나, 전학 온 여자애를 보고 두근거리는 소년의 애틋한 마음 같은 것을 거기서 어찌 배울까. 더군다나 요즘처럼 효용성이 없으면 외면하고, 모든 게 빠르게만 돌아가는 세상에서는 역사 배우기—가르치기조차 제대로 되고 있지 않는 것 같다.

문학은 모든 것을 다 말하지 않으면서 모두 다 말한 것보다 더 진하게 사람의 마음에 다가갈 수 있고, 성긴 역사의 그물이 놓쳐 버린 상처와 흥분과 분노와 슬픔과 희망까지도 독자의 가슴에 촘촘히 수놓을 수 있다. 그런 점에서 청소년의 꿈과 성장을 그린 작품을 여럿 써 온 작가 박상률은 '역사가 된 광주'를 '역사를 넘어선 광주'로 더 뜨겁게 느끼게 할 수 있는 훌륭한 무기를 갖고 있는 셈이다.

2

여기 한 청년이 있다.

　너는 그저 애써 세상 물정 모르는 체하고 다람쥐 쳇바퀴 돌듯이 학교와 일터와 집만 왔다갔다하는 가난한 고학생일 뿐이었다.
　학교에서 선배들로부터 특별히 어떤 '학습'을 받은 적도 없고, 학교 안팎의 어떤 정치적인 모임은 고사하고 비정치적 모임에도 나간 적이 없었다. 학교 가기 전에 낮 동안은 오로지 일터에서 열심히 일만 하는, 부지런하고 성실한 종업원일 뿐이었다.　(103쪽)

이 가난한 스무 살의 고학생, 성실한 철물점 종업원이 "너의 키만한 길이, 너의 몸통만한 너비의 널빤지로 만들어진 집 속에", 아니 관 속에 갇혀 있다. 축축하고 붉은 흙더미 아래.

　그런 네가 죽다니? 너는 무엇 때문에 죽어야 했을까? 너는 숨이 끊어지는 그 순간에라도 네가 왜 죽어야 하는지 짐작이나 했을까?

(같은 쪽)

작품은 이야기한다. 유신정권의 독재자 박정희가 죽은 뒤 자신들의 의사를 표명하려고 거리로 나선 시민들을, '화려한 휴가'라는 작전 명령으로 때려잡은 군대―군사정권이 그 직접적 가해자임을. 그러나 이렇게 가해자가 밝혀졌다 해서 모든 게 정리되는 것은 아니다. 오히려 '5월 광주'가 비로소 아프게 시작되고, 살아남은 사람들의 어깨에는 무거운 숙제가 짊어지워진다.

그러나 진짜 난리통은 끝나지 않았다. 난리통과는 아무런 관련이 없어야 할 너 같은 사람까지 난리통 때문에 죽고 말았으니 그 난리통이 쉽게 끝나겠는가? (107쪽)

이 작품이 직접 말하고 있지는 않지만, 과연 가해자에 대한 응징이 이루어졌는지, 역사의 물줄기는 바로잡혔는지, 시민들이 바라던 세상은 제대로 만들어져 가고 있는지 끝없는 질문을 우리는 행간에서 발견하게 된다.

막 고등학교를 졸업하고 대학에 들어간 스무 살의 청년 영균. 고교 3년을 우유 배달을 하며 다니고, 야간대학에 합격해 철물점에서 일하면서 학비를 버는 이 착실한 청년은 요즘 보통의 중고등학생들이 볼 때는 자기들과 많이 다르다고 느낄지 모른다. 내신과 수능 대비, 학원 공부로 밤낮없이 분주한 학생들에게 영균은 어쩌면 색다른 삶을 사는 형처럼 생각될지도 모르겠다. 영균의 어머니 월산댁은 비록 야간대학이라 해도 아들이 대학에 들어갔다는 사실만으로도 가슴이 벅차고 자랑스럽다. 등록금 마련도 스스로 해결해 걱정을 덜어 주는 아들이 월산댁은 대견하고도 안쓰럽다.

힘겨운 나날을 낙천주의자의 웃음으로 이겨내던 이 건실한 청년의 삶은, 그러나 갑자기 좌절된다. 고생스럽게 살아온 어머니를 기쁘게 해 드리고 스스로의 앞길을 개척하기 위해 '열심히 살자'고 되뇌던 청년에게 부여된 시간은 어처구니없게 중단되어 버렸다. 화려하지도 배부르지도 않은 하루하루지만 결코 멈추지 않고 생의 바퀴를 꿋꿋하게 굴려갈 것이 틀림없던 영균의 미래가 무참하게 잘려 나간 것이다.

이처럼 작가는 한 청년의 죽음—삶을 주목함으로써 청소년 독자들을 향해 말 걸기를 시도한다. 어쩌면 역사의 소용돌이가 비껴갔어야 할, 이른바 '운동권'도 아니요 열혈 청년도 아닌 평범한 고학생에게 닥쳐왔던 시대의 굴레는 무엇이었던가. 작가는 '역사'의 크나큰 현장에서 살아 움직이는 한 인간을 발견해

그의 숨소리와 발걸음과 땀냄새와 사소한 꿈들을 그려 보여줌으로써 원경(遠景)으로 머물러 있던 '광주로부터의 현대사'를 눈앞에 불러내고 있다.

작가는 영균의 초상을 '너'라고 호명하여, 마치 그를 잘 아는 누가 이야기를 들려주는 것처럼 서술하고 있다. 이러한 서술 다음에는 영균을 찾아 헤매는 월산댁의 행적을 보여주는 서술이 따라오고, 작가는 이렇게 두 가지 서술방식을 번갈아 사용하는 독특한 전개방식으로 작품을 변화 있게 이끌어 간다.

어머니와 자식이라는 가장 원초적인 관계, 이 순리적인 관계가 순리대로 서 있지 못하고 뒤집어지는 비극을 보라.

월산댁은 가슴에 품고 있던 사진틀을 방바닥에 내려놓은 뒤 두 손으로 쓰다듬었다. 행여라도 영균의 웃음이 일그러지기라도 하면 안 된다는 듯 조심스런 손놀림이었다. 어쩌면 영균의 웃음을 두 손에 가득 담고 있는지도 몰랐다. 월산댁은 검정 교복에 먼지가 붙어 있어 떼어낸다는 듯이 엄지와 집게손가락을 놀렸다. 그런 뒤 사진틀 유리에 입김을 불고서 옷소매로 문지르기까지 했다.

(…)

월산댁이 영훈을 돌아보았다.

"느그 성은 쪼깐 있으믄 곧 돌아올 것이여. 그란께 방 어지르지 말고 깨끗이 치워놔야 쓴다. 에미 말 똑바르게 알어먹었냐?"

(24~25쪽)

월산댁은 생때같던 아들을 산에 묻고 돌아와 '내 새끼 살려놓으라'고 외치다가 돌연 아들이 '절대 죽지 않았다'고 태도를 바꾼다. 그리고 영균이 다니던 대학으로, 영균이 일하던 철물점으로, 영균이 묻혀 있는 무덤으로 성치 않은 몸을 이끌고 아들을 만나러 간다. 죽은 아들을 만나러 가다니, 실성한 것 아닌가? 하지만 이성으로는 도저히 받아들일 수도 납득할 수도 없는 희생과 좌절을 겪고서 누구라도 실성하지 않을 수 없을 것이다. 범상한 한 개인이 실성하기 이전에 시대가, 정권이, 총구가 먼저 실성하지 않았던가.

3

'5월 광주'는 폭력으로 진압되었지만, 그것은 끝이 아니고 시작이었다. 민중의 생존권 확보와 민주주의를 위한 싸움은 기나긴 박정희 군사독재 기간 동안 이미 만만치않게 터져나왔고, '5

월 광주'의 외침 역시 그러한 앞뒤 맥락의 연결 속에서 바라보는 것이 마땅할 터이다.

새로 등장한 군사정권이 조성한 공포 분위기 아래서도 문학은 가장 먼저 광주를 증언하기 시작했는데, 그해 6월 발표된 김준태 시인의 「아아 광주여! 우리나라의 십자가여!」를 비롯한 많은 작품들이 때로는 조심스러운 은유로, 혹은 격정어린 서정으로, 혹은 피끓는 육성의 고발로 80년대 내내 뜨거운 언어를 쏟아놓았다. 임철우와 정도상, 윤정모, 류양선, 박호재, 최윤 등의 소설가와 김남주 시인, 『5월시』 동인들은 '광주'를 문학의 내부로 끌어들이는 동시에 문학을 통해 대중들 속으로 확산시켰으며, 살아남은 자의 죄의식과 부채의식을 갖고 그 의미를 파고들어 갔다. 이와 같이 직접적으로 광주를 다룬 작품뿐 아니라, 광주가 끼친 영향은 90년대 후반에 이르기까지 의식 있는 작가들 대부분의 작품에 스며들어 있다고 해도 지나치지 않을 것이다.

하지만 청소년 독자를 의식해 씌어진 작품으로는 뚜렷이 기억할 만한 것이 없다. 이제 '광주' 이후에 태어난 아이들이 사회의 주역으로 성장할 만큼 한 세월이 지나고 있으므로, '5월 광주'를 역사 교과서의 한 갈피에서 만나는 미체험 세대에게 문학고유의 방식으로 말 걸기를 시도하는 것도 긴요해진 시점이다.

166

『진도 아리랑』의 시인이자 동화작가로, 『봄바람』과 『나는 아름답다』와 같은 뛰어난 성장소설을 써서 청소년 독자들과 낯을 익힌 소설가로 폭넓은 활동을 하고 있는 박상률은 이 작품에서 사반세기 전 5월 광주의 시간대로 되돌아간다.

독자들은 그 과거의 시간에서 지나간 역사의 순간들을 관념적으로 반추하게 되는 것이 아니라, 한 청년이 뿜어내던 훈훈한 입김과 생활의 자취들을 손 안에 쥐듯 생생하게 추체험하게 된다.

앞에서 이야기한 것처럼, 그것은 바로 소박하고 성실하게 살아가던 한 청년의 꿈이 시대의 야만과 소용돌이 속에서 어떻게 좌절되었는가를 추적하는 일이다. "너는 지금 여기에 없다." 그러나 광주의 어머니에게 너는 여전히 살아 있는 존재고, 살아 있어야만 하는 존재이다. "너의 어머니의 어둠이 되어 버린 너/ 너는 정말로 어디로 갔는가?" 이 삶과 죽음 사이, 존재와 부재 사이의 팽팽한 줄 위에서 독자는 '광주'의 의미를 스스로 물어야 하는 것이다.

김이구 | 문학평론가

너는 스무 살, 아니 만 열아홉 살

2006년 4월 15일 1판 1쇄
2020년 12월 31일 1판 8쇄

지은이 박상률

편집 김태희, 박찬석, 조소정
제작 박흥기
마케팅 이병규, 양현범, 이장열
출력 블루엔 | **인쇄** 천일문화사 | **제책** J&D바인텍

펴낸이 강맑실
펴낸곳 (주)사계절출판사 | **등록** 제406-2003-034호
주소 (우)10881 경기도 파주시 회동길 252
전화 031)955-8588, 8558 | **전송** 마케팅부 031)955-8595 편집부 031)955-8596
홈페이지 www.sakyejul.net | **전자우편** literature@sakyejul.com
블로그 skjmail.blog.me | **페이스북** facebook.com/sakyejul
인스타그램 instagram.com/sakyejul

ISBN 978-89-5828-165-8 44810
ISBN 978-89-5828-473-4 (세트)

이 도서의 국립중앙도서관 출판시도서목록(CIP)은 e-CIP 홈페이지(http://www.nl.go.kr/cip.php)에서
이용하실 수 있습니다.(CIP제어번호: CIP2006000822)

이 책은 (재)5·18 기념재단의 창작지원기금을 받았습니다.